U0850905

幸福都是奋斗出来的

你我的新时代

南方新闻网
金羊网　　编

南方日报出版社
NANFANG DAILY PRESS
中国·广州

图书在版编目（CIP）数据

幸福都是奋斗出来的 ：你我的新时代 / 南方新闻网，金羊网编著. -- 广州 ：南方日报出版社，2018.9
ISBN 978-7-5491-1837-3

Ⅰ. ①幸… Ⅱ. ①南… ②金… Ⅲ. ①中国文学－当代文学－作品综合集 Ⅳ. ①I217.1

中国版本图书馆 CIP 数据核字（2018）第 169786 号

XINGFU DOU SHI FENDOU CHULAI DE——NI WO DE XINSHIDAI

幸福都是奋斗出来的——你我的新时代

编　　著：南方新闻网 金羊网
出版发行：南方日报出版社
地　　址：广州市广州大道中 289 号
出版统筹：周山丹
责任编辑：谢晓萌
装帧设计：劳华义
责任技编：王　兰
责任校对：阮昌汉
经　　销：全国新华书店
印　　刷：广州市尚铭印刷有限公司
开　　本：787mm×1092mm　1/16
印　　张：10.5
字　　数：150 千字
版　　次：2018 年 9 月第 1 版
印　　次：2018 年 9 月第 1 次印刷
定　　价：26.00 元

投稿热线：（020）87373998-8503　读者热线：（020）87373998-8502

发现印装质量问题，影响阅读，请与承印厂联系调换。

编委会

编委会主任： 胡　键

编委会成员： 邹卫东　柳剑能　孙朝方　鲁钇山

执 行 主 编： 唐莉娜　何静文　张　健　彭佶群　黄少江

编　　　辑： 鲁　飞　门丽丽　刘泽琦　周　童　李文亮　黄斯莹　李锦豪

前 言

历史长河奔腾不息，重要关口常常决定事业走向。习近平总书记在党的十九大报告中作出“中国特色社会主义进入了新时代”的重要论断，吹响了新时代推进中国特色社会主义伟大事业的嘹亮号角。在学懂、弄通、做实上下功夫，从城市到农村，从内陆到边陲，神州大地上全国各族人民迅速掀起了学习贯彻落实习近平新时代中国特色社会主义思想和党的十九大精神的热潮。

为充分展现老百姓在这个新时代激发出来的蓬勃活力，在属于自己的新征程上用创造、奋斗、激情书写新时代美好生活的壮丽篇章，由中共广东省委宣传部、广东省互联网信息办公室主办，南方新闻网、金羊网共同承办的“你我的新时代”——学习贯彻党的十九大精神网络征文活动于2017年11月11日启动，历时三个月，社会各界热烈响应、踊跃参与，共征集到网友作品1500余篇，专题点击逾300万次。他们有的结合自身学习、工作、生活和成长经历，讲述个体在新时代呈现出来的新气象；有的结合党的十九大报告描绘的新蓝图，勾画对美好生活的新期盼；有的结合普通老百姓的真人真事，讴歌新征程上身边出现的新气象……

为更好地展示这些作品，传递正能量，我们从中挑选了一部分较为优秀的作品集结成册，与大家一起分享。这些作品或细腻记叙身边故事，或严谨论述观点认识，或激昂抒发情感体会，片片文字承载着每一位作者对属于你我每一个人的新时代的热切期盼和美好向往，生动书写了新时代从“新”出发的不同精彩人生，字里行间闪耀着新时代老百姓的蓬勃朝气和十足干劲。

新时代要有新气象，更要有新作为。“幸福都是奋斗出来的”，要创造美好生活、得到幸福，必须不懈奋斗。作为新时代的奋斗者，我们要以永不懈怠的精神状态和一往无前的奋斗姿态，辛勤劳动、务实苦干，将美丽愿景变成美好生活。要不断增强创造和追求幸福的能力，持之以恒、久久为功，用激情和奋斗书写奋进新时代壮丽的人生篇章。

目录

CENTENS

◆ 一等奖

◆ 二等奖

◆ 三等奖

◆ 优秀奖

一等奖

五年新气象　风景未曾谙

□ 程传波

（一）

时光回溯到五年前。2012 年 11 月 15 日，十八届中央政治局常委与中外记者见面。习近平总书记在讲话中掷地有声地指出："责任重于泰山，事业任重道远。我们一定要始终与人民心心相印、与人民同甘共苦、与人民团结奋斗，夙夜在公，勤勉工作，努力向历史、向人民交一份合格的答卷。"五年前，当习近平总书记说出这句话时，我们不少人或许都尚未掂量出这句话背后的真正分量。

时间是历史的见证者。如今，五年过去，我们慢慢读懂了这句话所代表的丰富内涵。五年来的新气象，可以说是"风景未曾谙"。党的十九大报告用这样一段话来概括我们五年来所取得的历史性成就：五年来的成就是全方位的、开创性的，五年来的变革是深层次的、根本性的。五年来，解决了许多长期想解决而没有解决的难题，办成了许多过去想办而没有办成的大事。正是"解决了许多长期想解决而没有解决的难题，办成了许多过去想办而没有办成的大事"这句话，最能拨动我们每个人的心弦。

群众的眼睛是雪亮的。解决的难题、办成的大事，群众都看在眼里，记在心里。解决了什么难题？最突出的恐怕就是反腐败，尤其振奋人心的就是"打虎行动"。党的十八大以来，中纪委共立案审查中管干部二百多人，打破所谓"刑不上大夫"的猜想。"拍蝇""猎狐"更是让我们看到党中央全面从严治党的坚强决心，“法不责众”的观念不攻自破，“天网恢恢，疏而不漏”的戒律深入民心。办成了哪些大事？最显著的可能就是深化改革。党的十八届三中全会吹响全面深化改革的号角，五年来共推出1500多项改革举措，涉及政治、经济、文化、社会、生态文明和党的建设等方方面面。

历史巨变开辟新时代。五年一个刻度，丈量着我们国家走向民族复兴的脚步。十八大以来，党和国家事业发生了历史性变革，我国发展站到了新的历史起点上，中国特色社会主义进入了新时代。

（二）

五年来的变化，不仅存在于“大而全”的宏观叙事中，也存在于“小而微”的生活细节里。不管你是否承认，如今的社会风气与五年前相比，显然不可同日而语。2012年12月中央八项规定出台时，不少人都将信将疑，因为我们太清楚“积重难返”这个词所传递出的深层含义。如今，五年过去了，我们鼓掌，我们欢呼，我们也为此前的不坚信感到脸红与愧疚。

笔者身在“体制”内，对中央八项规定带来的新气象更有感触。我很庆幸，自己是在中央八项规定出台之后进入机关工作的。虽然未曾经历，但时常听单位同事聊起。据说，在中央八项规定出台前，每年年关将近，各单位流行“请年酒”——今天你请我，明天我请你，一来一回，几十个单位轮流做东，有时一个夜晚得赴几个单位的饭局。在一场场“饭局”中，公款悄无声息地化为酒后心声和满屋烟雾，工作却未取得实质性进展。虽有苦难言，但面对领导和同事的敬酒，你不得不强作欢颜，最终搞得自己身心俱疲。

如今，旧貌换新颜，已是两重天。我们不用为饭局上的推杯换盏、觥筹交错感到心力交瘁，我们也不用为下班后无法回家陪家人吃顿温馨的晚餐而耿耿于怀，我们更不用为逢年过节该为领导送点什么礼物而操碎了心。慢慢地，我们开始发现，原来不在酒桌上照样能够谈成生意，原来不送礼照样能够拿到项目，原来不“拉关系”照样能够在事业上有所成就。

就如“美国梦”曾经成为美国精神一样，我们新时代的“中国梦”也应有这种内涵，只要我们肯努力、肯拼搏、肯付出，必定会得到应有的回报。社会风气变了，老百姓的精气神也不一样了，整个社会都更有正能量了。我想，这或许就是“人民有信仰，民族有希望，国家有力量”这句宣传语的实质内涵吧。

（三）

科技日新月异，带给我们的是生活质量的巨变。这五年，最有代表性的变革非“新四大发明”莫属。所谓“新四大发明”，指高铁、支付宝、共享单车和网购。相对于传统四大发明来说，“新四大发明”更接地气，与我们普通老百姓的日常生活息息相关。当我们在惊叹“新四大发明”带来的便捷时，我们未曾想到深刻的社会变革就发生在我们身边，如此真切。

高铁改变我们的出行方式。高铁让距离不再遥远，让家变得越来越近。只有乘坐过普通火车出行的人，才能深切感受到高铁带来的舒适和便捷。我的家乡在华中地区，以前乘坐普通列车，最快的 T 字头都要 16 个多小时，若是K 字头则需要 20 多个小时。而乘坐高铁，只需要 5 个小时。从 16 个多小时到 5 个小时，这是一次质的飞跃。最近几年，中国高铁一路高歌猛进，出现在西南腹地的崇山峻岭中，出现在东南沿海的蓝色海岸边，出现在西北的大漠风光里，进而走出中国，走向世界。如今，中国高铁运营里程位居全球第一，高铁也成为我们国家的一张科技名片。

“互联网 +”改变我们的生活方式。过去这五年，我们见证了中国互联网的发展奇迹。“双 11”已成功演变成为一场全民狂欢节，它缔造的网购神话让我们见识到电子商务近年来的勃兴。在外购物不用再掏现金或银行卡，只须用手机扫码即可付款。“滴滴”等网约车兴起，让我们在城市里不再抱怨“打车难”问题。当我们为“最后一公里”的回家之路感到不开心时，共享单车可便捷到达公共交通尚未覆盖的区域。去医院看病可以先网上预约，叫外卖可以通过 APP，所有这一切都是基于互联网而实现的，特别是移动互联网。互联网正在改变我们的出行方式、消费方式，让我们的生活变得越来越美好。

（四）

这五年，“中国声音”激荡在世界各个角落，东方大国的国际地位让我们每一名中国人倍感骄傲。从博鳌亚洲论坛年会到 G20 杭州峰会，从“一带一路”倡议到构建“人类命运共同体”，中国从未像现在这般巍然屹立在世界民族之林。曾记否，两年多前的也门撤侨事件让我们在全世界面前扬眉吐气。电影《战狼 2》受国人热捧，在一定程度上正是祖国国际影响力不断提升后全体国民自豪情绪的集中爆发。

没有前后对比，就无法感知变化。有一个朋友是旅行社的导游，经常带队出国。他和我们分享了近年来国人在外旅游情况的一些变化，让我们对祖国强大后国人在国外也跟着更有“面子”的理解变得更加深刻。他说，这几年国人出境游越来越方便，摩洛哥免签，斐济免签，英国也简化签证。而且，国外的不少地方还专门设立中国人专用通道或窗口，力求为中国人提供更加优质的服务，这种情况在以前是根本不敢想象的。言语之间，那种作为中国人的骄傲感和幸福感溢于言表。

半年前，哈佛大学毕业生许吉如的一场演讲刷爆我们的朋友圈。她讲到她的叙利亚同学，其中有几句话让我们印象极其深刻。她说：

"安全感所带来的自由选择权利，是一个国家赋予年轻人最好的礼物。因为这意味着，你不必非得在别人的国土上成为一个非常优秀的个体才能够被尊重。你就踏踏实实地做一个哪怕普普通通的中国人，也会被善待。因为你背后是一个稳定的国家，而世界对你的国家充满敬畏。"语言虽自然朴实，却蕴含千钧之力。我想，这或许可以很贴切地解释近年来中国人国际社会地位发生变化的原因吧。

（五）

"见一叶落而知岁之将暮"（《淮南子·说山训》），通过对自己身边人、身边事的感知，我们见证的是十八大以来这五年的风清气正和自信从容。2018 年新年前夕，习近平总书记发表了二零一八年新年贺词。"幸福是奋斗出来的""不驰于空想、不骛于虚声"成为我们不少人新一年的人生格言。在新征程上，我们国家无疑将会缔造出更加绚烂的风景。"这边风景独好"，新时代必定为我们呈现出另一番亮丽风景。

钱关键的烦恼

□ 王又锋

我有一发小，姓氏一般，名字也一般，但姓和名合在一起，很不一般。此君姓钱，名关键，钱关键是也。

人如其名，他把自己的姓名当作人生信条，口头禅是“没有钱摆不平的事儿”。

大家说起贪官就咬牙切齿，钱关键不同，他认为贪腐是好事，通过贪官可以花小钱办大事。上世纪 90 年代末，得益于城市的扩张，我们村变成了城乡结合部，农田变工厂和楼房。钱关键用钱开路，混得不错，成了村里最早富起来的一批人。用他的话说，“咱黑道白道都有人”。钱关键的人生经历，似乎一再佐证他人生信条的正确无比。

十几年来，我一直在广州发展，钱关键的事偶有耳闻，探亲也仅见过几回。后来工作上忙，我有好几年没回去了。听父亲讲，钱关键这几年好景不再，慢慢走上了下坡路。

前几天休假，带孩子回老家。这几年，村里又有大变化，道路宽了，商场、酒店林立，完全城区化了，一点没有乡村的旧模样。

回去的第二天傍晚，在村民文化广场遇到了钱关键。他头发灰白，眉头紧锁，气色很差。“忙啥呢，好几年没见着你了”，他寒暄道。

我点头附和：“没办法，只能拼命干活，不像你钱大老板轻松就赚大钱。”

他摇摇头："老兄啊，现在不比以前了，生意不好做，事儿不好办。"

我嘿嘿一笑，打趣道："哪可能呢？别人不行，我信。你是谁呀，你是钱关键！咱黑道白道都有人儿，没摆不平的事儿！"

他苦笑一声，手一摆："别提了，哥们儿，那是以前。现在，世道变嘞！"

我就纳闷了，什么时候他钱关键也吃不开了，便问："咋变了？"

他眼睛直勾勾地盯着我："咋变了？你真没发现？那我给你说道说道，现在有钱送没人敢收，你说奇怪不奇怪？"

哦，我现在有点弄明白了，原来是他多年来屡试不爽的那一套走不通了。我揣着明白装糊涂，接着套他话，"你这是从何说起？"

他把这几年的不顺，一股脑像倒豆子一样全倒给了我。事很多，我就给大家说说他最近遭遇的仨事儿。

第一件事，我大侄子，就是他的宝贝儿子磊磊，学习成绩一向不好。六年前，钱关键送钱找关系，把他送进了重点小学。今年要小升初，钱关键又如法炮制，不料事办得不顺，磊磊进重点初中的想法落了空。

第二件事，钱关键小舅子今年大学毕业，市政园林局碰巧招聘事业编制人员。钱关键与这局的某领导关系不错，他给老婆打了包票。人找了，礼没收，说只要进了面试，肯定帮忙。不料，他小舅子笔试就被刷了下来。对方还一脸的无辜，"哥们儿，不是兄弟不帮忙，是你没给我机会啊。"

还有一件事，钱关键想给他老爹办低保。这在过去，真不是个事儿，找找村干部就能搞定。但是，这一次，钱关键吃了闭门羹，新上任的村主任说什么也不给他办，还呛他说："我是为你好，给你办了，不是在打我的脸，是在打你钱大能人的脸！你那么有钱，好意思让你爹吃低保?”

“愁啊……”钱关键欲言又止。

我憋着心里的乐，表面上附和道：“是啊，世道变了，不比从前。”

咱们村的幸福时光

□ 谢文华

咱们村位于粤北山区，连绵的群山是村子天然的屏障。多年前，我们的祖先为了逃避战乱，携家带口从中原迁徙至此。群山虽然阻隔了战乱，但也带来了饥饿和贫穷。虽然同属于南粤大地，但我们这里却名列全国十大贫困县。一条曲折蜿蜒的山间小路，成了村民走出大山的唯一出口。

这条泥泞的乡间小道，是乡亲父老用锄头一锹锹挖出来的黄泥路。泥路只有半米来宽，大家踩着这条黄泥路，把家里的粮食和瓜果挑到镇上卖，以换取基本的经济来源。日复一日，年复一年，乡亲们就这样压着扁担，挑着箩筐，一担担地盛着丰收的喜悦，在乡镇集市换来一叠叠零钞，然后小心翼翼地积累起来，供家里的子女学习文化知识。

每逢暴雨季节，黄泥路被雨水冲刷得坑坑洼洼，大家卷着裤脚，一深一浅地踩在这条泥泞的黄泥路上，默默地耕耘着。20 世纪 80 年代，改革开放的春风吹遍了南粤大地。但是，封闭落后的村子似乎后知后觉。直到 20 世纪 90 年代初期，村里的年轻人才知道走出去，到珠三角的城市打工谋生。那个时候，省城广州成了梦想的试验田。村里的青年男女背着简单的行囊，纷纷踏上了开往广州的长途汽车。

村里的青年人，很多只有初中文化，有的甚至还没毕业就辍学，只能进工厂做最辛苦的流水线工人，如裁剪工、织布工、电钻工、搬运工……每天重复着同样的动作，常常挥汗如雨，辛勤的汗水却只能换来两三百元的工资。在那个年代，对于村人来说，这是一笔巨大的收入。所以，大家都很拼命，农村人特有的勤奋和忍耐得到完美的诠释。

每年春节回家，大家带着一行李箱的收获踏上归途。那条通向外界的乡间小道，洒满了年轻人归家的兴奋与喜悦。打开行囊，一包包新潮的糖果和饼干，馋得我们这些小孩口水直流。一枚甜丝丝的奶糖，足以让我们开心一整天。那枚含在嘴里的奶糖，似乎还散发着城市的气息，让我们充满了向往。老妈妈抚摸着儿女们满是老茧的手，流下一行行心痛的热泪。幸福的笑容此刻转化为外出打工的辛酸，格外让人动容。

外出打工的青年人，乘着改革开放的春风，在村子里埋下一颗颗希望的种子。那些坚守了一辈子黄土地的父老乡亲，内心也从焦虑不安转变为跃跃欲试。在青年人的鼓舞下，大叔大婶们也跟随着青年人的步伐，走出乡村奔向城市。在城里，他们学会了文明有礼，学会了讲普通话。他们挤着公交车，望着窗外不断闪过的高楼大厦，像城里人一样奋斗，一样奔跑，每日追赶着初升的太阳。但那一口不变的乡音，记录着的却是浓浓的家乡情怀。

过去二十年间，大量年轻劳动力外出打工谋生，让昔日热闹熙攘的村庄一下子平静起来。村子里只剩下年迈的老人和孤单的留守儿童，村子安静了，环境却变美了。大家在城里赚到了钱，纷纷回到家乡建起了小洋楼。成片的瓦房泥墙，逐渐被新式的钢筋水泥代替。一栋栋漂亮别致的小洋楼如雨后春笋般拔地而起，遍布整个村庄。

外出打工，让村里人乘上了致富的快车。村子富裕起来了，家家户户围起了各自的小花园。那条通向外界的乡间黄泥路，早已被沥青水泥路代替。为了方便村民晚上出行，镇政府还出资在村里的每条巷道安装了路灯。每当夜幕降临的时候，一盏盏路灯发出白灿灿的光芒，如一朵朵盛开的雪莲花。村口大榕树下的空地被改造成了娱乐广场，广场铺砌了大理石地砖，四周安装了健身设施。广场绿树成荫，花团锦簇，就像城市里的街心花园。

每天晚上7点钟，村里的小广场上，男女老少聚在一起，跳起了活力四射的广场舞。这种流行于城市的健身舞蹈，也被年轻人带回了乡村。现在全镇早已实现了公路村村通，户户用上自来水。村里的休闲长廊，张贴着“讲文明、树新风”的社会主义宣传画，长廊里的石凳和座椅，成为村民们聚旧交流的好地方。

乡村有了公交站，镇与镇之间通了班车。每隔一小时，就有一辆穿梭于镇区和市区的公交车，大大地方便了大家的出行。大山里黄土飞扬的黄土道，蜕变成畅通无阻的水泥路。俗话说，路通财通。乡村公路，不但拉近了人们的距离，更减少了城镇与农村的隔阂。

邻居三叔公今年已经65岁了，他是村里的独居老人，由于早年丧妻，膝下无儿无女，生活十分困难。党和政府了解到三叔公的情况后，筹备了一万元给三叔公修建了卫生间，翻新了房屋。除此之外，他每月还享受国家的免费医疗和生活补贴，看病不用钱，生活也有了保障。每次去探望他的时候，三叔公脸上总是绽放着幸福的笑容。他逢人就说：“党和政府好啊，咱们老百姓天天有盼头了！”从三叔公脸上真挚的笑容，我看到咱们村通向幸福的春天。

2010年，随着镇开发区的开工建设，珠三角产业转移粤北山区战略的落实，佛山陶瓷城落户我们这个山区小镇。一个个工业区，一栋栋厂房，仿佛在一夜之间全冒了出来。成片的工业园，密集的流动人口，焕然一新的街道建设，让小镇的经济插上了腾飞的翅膀。以前老百姓走出去，现在全国各地的人才涌进来，我们整个粤北小镇都沸腾了！

前些年外出打工的乡亲们现在无须背井离乡，纷纷走进家乡的工厂，建设着咱们新时代的新农村。每天下班高峰期，你走在宽阔的开发区大道上，总会看到一群群年轻人，或骑着电动车，或驾驶着小汽车，谈笑风生，幸福地踏上回家的路。爽朗的笑声阵阵传来，幸福而惬意，这正是新时代新农村和谐美满的醉美画卷！

心有祈盼　方能致远

□ 周亚

面朝大海，春暖花开。向往美好的未来，人皆有之。

机缘巧合，我有一次上南方新闻网查阅资料，恰巧看到“你我的新时代”征文活动。人是感性动物，朋友相见，因友谊喝上两杯；爱人相恋，有情欲彼此惦念；征文活动，好似一个倾述的通道和契机。

心中有话向谁说？亲情告诉父母子女，友情聊给好友知己。中国人都知道的十九大，互联网提供平台给我们普通人，聊两句心里话，仔细掂量自己，怀揣美好希望，争做跨入新时代的一分子。

（一）

经过近二十年的工作历程，我们七零末、八零初的一代，人到中年。我们的人生轨迹，伴随着改革开放的全过程。要说幸运，新中国历史上，我们算是幸运的一代，从衣食充足的童年，到顺利接受教育，再到进入社会工作，改革开放、市场经济，我们都沾了光、添了彩。

二十年前，我毕业来到广东，当时的珠三角就是一个大工地，到处都在建设，随处都是机会，曾经著名的广州南方人才市场，每到周末拥挤不堪。

在人才市场里面，当年的知识分子和专业人才，找工作其实和民工差不多，拿上你的学历，仔细查看人才市场里一排又一排的广告，各种要求罗列其中，你看上了就递简历，人家看上你就告诉你工作地址，直接去试用。公司工厂包食宿，双方看对眼，买床被子，办个工牌就上班。

越简单的方法越有效，我们经历的这种效率，就是当年改革开放和市场经济的具体体现。打工、创业都一样，有能力你就上，不满意你就走，机会面前人人平等，这是当时社会环境下的公平公正。

所以，我们沾了改革开放、市场经济的光。至于添彩，随便拿一张广东二三十年前的照片，找到实际地点，一比较就看出来了。今非昔比，旷野建起高楼，城市日新月异，广州、深圳、珠海、东莞、佛山……珠三角地区成长起一座又一座现代化城市。

珠江三角洲的城市发展、经济成就，集合了全国各地打工者的辛勤劳动，四十年改革开放，一代代打工者，将青春奉献给社会，说起来，也体现了他们内心对美好生活的祈盼。

当年，每一个南下打工者，都是奔着美好生活而来。

(二)

历史的车轮滚滚向前，跨入新时代的门槛，总有一些人高瞻远瞩、忧国忧民，党的十九大之后，全国各地都在学习十九大精神，习近平新时代中国特色社会主义思想写进了党章，十九大报告指出了人民日益增长的美好生活需要和不平衡不充分的发展之间的矛盾。

1945 年，黄炎培先生问毛主席，中国共产党能不能跳出历史上“其兴也勃焉，其亡也忽焉”的历史规律？“建党一百年时，中国全面进入小康社会；建国一百年时，中国实现中华民族伟大复兴的中国梦，为实现两个一百年的目标，习近平新时代中国特色社会主义思想正当其时。”读报告，要读懂，讲道理，要浅显，这一切，都在最大限度地激发中国人民的积极性，就好像习总书记拍着我们的肩头嘱咐，“撸起袖子好好干”。

在世界民族之林中，中华民族以勤劳善良著称，中国人的文化基因和身体基因，蕴藏着安家立业、勤俭节约的奋斗因子。不管你是领导干部、知识分子还是打工创业者，是中国人都跳不出这个圈子，人人都忙着实现自己的个人梦、家庭梦、事业梦，忙着为中华民族伟大复兴的中国梦添砖加瓦。

人民群众的美好生活需求说白了，就是人民自己心中的祈愿，而随着改革开放和社会发展，我们每个人在进入新时代的阶段中，也萌发了新的希望和追求。

（三）

儿童放学，口里念着“迎来十九大、共圆中国梦”，一路蹦蹦跳跳回到家里。饭桌上，家里六七十岁的父母也会随口聊几句十九大的新闻。和朋友闲聊茶叙，企业家朋友告诉我们，企业扩大、智能制造，明年会特别忙。

儿子正上幼儿园，眼看着就要进小学，离家附近有两所学校，一所以素质教育著称，一所以学习成绩闻名。选择哪种教育方式，真叫父母们头痛。全天下的父母都一样，希望子女身体好、素养好、学习好、运气好，样样都好。儿子，要不咱爷俩商量商量，你也立个新时代的志向，看看爸爸怎么配合你的成长。

父母退休后，长期在广东生活，我作为独子，自然承担起赡养老人的重任。养老金成为父母关心的重点，每到新年，父母就会嘀咕养老金涨没涨，我们在职工作的人，自然不会关注这一百几十块的增减，但在老人嘴里，年年涨个一百来块，十年就是一千来块。每到月底，父母到银行，看着存折上养老金数字的增加，开心之余经常说，加把劲多活些年头，享受国家的好待遇。今年开始，异地看病住院可以直接结算，父母专门跑到附近的医院去详细了解，老人家关心的是老有所养、老有所医。

张总是我近十年的老朋友，在广东开办实业已经多年，你问他忙什么。他作为一家科技化程度很高的公司老总，明年就要组织公司上市，发行股票。对于年过五十的他来说，这是人生又一个高度和希望，对于个人和企业，这一脚就算跨进新时代了。

我的 QQ 签名——“内修外积、顺其自然”。刚刚出来社会工作，有一个老师曾经嘱咐我，成功的人生都是规划的人生，有计划有实施，运气再不好，也差不到哪里。你问我的新时代梦想，内修：加强学习、提升自己，人不是活到老学到老，就是活到死学到死，保持健康的心态；外积：不辜负伟大的时代，作为一家的顶梁柱，多积累多赚钱，手中有钱，心中不慌，让家人生活更美好。

这些年，广东的城市走遍了，今年我们全家去了首都北京，明年准备去上海旅游。心中有梦，脚下有路，大家伙儿和和气气的，互相理解、互相信任、互相支持，跟着习总书记往前奔，更美好的生活就在前方。

坚定理想信念　迎接新时代

□ 刘晓君

在十九大报告中，习近平总书记明确了新时代党的建设总要求，其中强调了“以坚定理想信念宗旨为根基”，再次将理想信念摆在关键位置。在新时代，党员干部更应该坚定理想信念。

“除草”。我们都知道种庄稼时，时不时要除草，否则就被杂草挤占了养分，长出蔫蔫的庄稼。党员干部思想上也一样，要经常“除草”，不能让“杂草”挤占了自己原本淳朴的思想，要将心中的私心杂念都拔除，克服畏难情绪，扛起责任大旗，让心中仅存共产党员应有的理想信念，仅存党和人民，这样才能在实现共产主义的道路上走得更好、更远。

“沃土”。庄稼长不长得好，关键看养分。当年的“北大荒”，靠着黑黝黝的黑土，成为了“北大仓”，成为我国重要的粮食种植基地。党员干部要更好地坚定理想信念，就要经常“沃土”，使思想土地“肥沃”起来。要充分运用“两学一做”学习教育常态化制度化，把“两学一做”作为重要理想信念“培养基”，把习近平总书记的新理念新思想新战略、中央会议精神、党章党规等作为“有机土壤”，经常对党员干部思想“沃土”，使党员干部理想信念更加坚定，更加茁壮成长。

“蹲苗”。除去“杂草”，培了“沃土”，就要锻炼“幼苗”了，尤其是“扎根”能力，只有“根正”才能“苗红”。因此，党员干部要加强实践锻炼，经常去一线实践，跟群众面对面接触，将共产党的先进思想、惠民政策等传播开去，只有在实践体验后，才能更加地坚定理想信念，成为共产主义忠实的践行者。

二等奖

在文化地标的守望中褪去油腻

□ 陆湘敏

不经意间，2017 年便倏忽而过。回望这一年，个人生活平淡无奇，无非完成了本职工作，读了几本畅销书，听了几首流行歌，看了几部当红电影，到了几处“心向往之”的地方。《凤凰文化》在“2017 年回顾”中说，凡事到了回忆的时候，都真实得像假的一样。的确，要问我 2017 年触动最深的事情是什么，我只能回答，是对一座文化地标的守望。

这座文化地标，就是顺德容桂文化中心。之所以把它当成 2017 年“记忆中的明珠”，首先是因为它承载了我十几载的祈望。1996 年来容桂工作后，我曾在老桂洲中学的教工宿舍里居住过两年多时间。现在的花溪公园、容桂文化艺术中心，正是在桂洲中学的旧址上兴建起来的。初来容桂，自然对“中国首个千亿大镇”之光环，以及格兰仕、容声、万和、德美等名牌敬畏不已。可时间久了，我又慢慢觉得，这块热土上似乎缺少点什么。花溪公园建成后，闻听紧邻它的将是文化艺术中心，当时我与众多“新容桂人”一样，着实高兴了好一阵子。可文化艺术中心从奠基到落成启用，经历了整整 12 年的漫漫历程。每次经过“旧居”，我都热盼文化艺术中心尽快落成使用，同时又担心它继续“烂尾”下去。“千呼万唤始出来”，不是决策者或建设者，或许无法体会个中的曲折艰辛。可不管怎样，破茧成蝶终归是众望所至，人们有理由为多年来付出巨大努力的各界人士点赞。而目睹自己曾经的安身立命之所，一旦“旧貌换新颜”，又怎一个“高兴”与“自豪”了得？

其次是因为它承载了北滘文化中心对我的激荡。北滘文化中心于2012年1月12日正式落成启用。作为当代城市建筑与当地文化特色相结合的典范之作，它从规划、建设伊始，就以区一级的文化中心为定位。为打响品牌，北滘方面曾通过《珠江商报》邀请部分本地评论员前去参观座谈，我有幸忝列其中，第一次近距离感受它的气息。后来，因参加《珠江商报》的“寻找顺德中轴线”、《南方都市报》的“论道顺德”以及顺德城市网的“美城采风团”等活动，我又接二连三地去到那里。再后来，观摩每年一度的华语文学传媒大奖系列活动，特别是参加《北滘志》的编写，每月出席一次例会，让我对北滘文化中心审视更多，理解更深。其“建筑没有围墙，心理没有樊篱”的开放原则与公益精神，常常让我产生“昨日入城市，归来泪满襟”的感慨。

漫长守望中，我记住了2017年容桂文化中心渐次揭开面纱的重要时间节点：8月中，它开始试运营；12月初，它开启大剧院“开幕演出季”；圣诞节当晚，它奉献维也纳约翰·施特劳斯圆舞曲乐团的专场演出；12月30日，它正式宣布投入使用，“多彩容桂·活力之城”2018容桂文体艺术节也就此启动……

望着这组由大剧院、电影院、美术馆、综合培训中心等场馆组成，涵盖文化演出、艺术展览、艺术普及与培训等功能的现代化建筑群，我在想，诞生了中国工业文学“开山鼻祖”草明、粤剧大师马师曾、中国画大师刘春草等文化名人的中国书画艺术之乡、中国曲艺之乡、中国盆景名镇以及中国国标舞“舞友”集聚之地——容桂，如今又喜添一高标准的文化阵地，这是否意味着一种更新境界的精神共鸣与文化自信呢？

至于我个人，不出容桂就看到了获得国家最高奖的《大汉苏武》，听到了原汁原味的维也纳古典音乐，我恍然觉得自己在抵挡喧嚣浮华、追求平和沉静的过程中，褪去了些许油腻。我愿重新定义生活，尽可能逃离物欲，将灵魂从琐碎中升华，以获得一种阅尽铅华之后的恬淡与自由。

回首难忘，展望悠长。又闻欢快歌声，那是对一方水土的祝福——我希望从2018年开始，容桂交响乐团、少儿合唱队真正拥有自己的“主场”；又见曼妙舞姿，那是对一腔乡愁的缱绻之情——我希望，当容桂文化中心走入时间深处，它能更接地气，全方位覆盖群众需求，加速实现公共服务的均等化！

志愿我行　公益我心

□ 伍丽燕

十八大以来，习总书记从人民利益和幸福出发，提出了“精准扶贫”的战略思想。五年来，我国扶贫工作取得举世瞩目的成就，6000多万贫困人口稳定脱贫，贫困发生率从10.2%下降到4%以下。党的十九大报告中，习近平总书记再次把扶贫工作提高到新的战略高度，并对扶贫攻坚提出了新思想、新目标和新征程。

从2012年开始，连续四年，我跟着志愿者团队到从化狮象村对当地留守儿童进行探访。第一年去探访他们的时候，他们住的房子还是用松垮的泥巴糊起来的，一下雨屋里就会漏水。迎接我们的是一个叫“虾女”的小孩，大概十四五岁，她不太会讲话。她把我们领进屋里，屋内并没有凳子，只有床和几块木板搭成的“饭桌”。睡的床是用烂板胡乱堆砌出的，脏兮兮的布充当着被子，连枕头都没有，一进屋里就会闻到一股奇怪的霉味。难以相信21世纪还有如此“简朴”的房子。坐在床上的妇女站了起来，她的个子大概只有1.3米，她笑着问“虾女”是不是有客人来了，“虾女”摸着她的手说：“妈，这是来看望我们的志愿者。”“虾女”的妈妈热情地招呼我们在家里坐，她说她自己看不见东西，所以只能让“虾女”招呼我们了。

离开她们家后，志愿者们的心情十分复杂，听村委会的主任说她家属于特困户：妈妈双目失明，“虾女”智力低下，家里还有一个叔叔没有工作，一家四口人全靠“虾女”爸爸一个人养活，而“虾女”爸爸也只是一个瘸了脚的农民，收入甚微。志愿者们纷纷表示疑惑，为何这么多年来都没有政府对他们这些困难户进行救助？村委会的主任皱着眉头说："那也没办法，上头没拨款，我们也没钱啊。"我们带着同情而无能为力的复杂心情离开了狮象村。

2013 年，我们再一次来到了狮象村，这时候情况已经与去年大相径庭。习总书记号召实施"精准扶贫"计划，犹如春风化雨，滋润了从化狮象村每一位贫困农民，新房子如雨后春笋般拔地而起。当看到"虾女"和她的家人住进了新房子时，我再也按捺不住心中的喜悦，大呼一句："社会主义好啊！"村委会主任向我们介绍，今年上头有拨款下来，而且派了碧桂园地产公司的人免费给村民们盖房子，大家的生活环境都变好了。

在跟当地的小孩做游戏时，他们嘴角总是挂着一道向上的弧线，笑声充溢着整个空间。我问他们为什么这么开心，他们害羞地说因为我们志愿者的到来，国家对他们的关注，他们的好日子到来了。

如果你问我这五年国家最大的变化是什么，我想通过我的志愿服务经历告诉你：自信！通过精准扶贫项目，贫困百姓得到了物质上的满足，他们不再畏畏缩缩地哀求别人的施舍，他们活得更有自尊。千千万万有自尊的人构成了一个自信的国家，在外国人眼里，中国再也不是那个积贫积弱的"东亚病夫"，再也不是民不聊生的困苦国度，再也不是任由贫苦人民在水深火热中求救而政府却袖手旁观的冷血国家。过去五年，我国用自信和自强建造的"中国梦"大厦，如今在世界民族的建筑中已崭露头角！幸运的是我并没有出生在贫困的家庭，没有遭受他们的不幸，更幸运的是我可以亲眼看到贫困家庭的孩子现在跟我们一样，拥有追求幸福和美好生活的权利，国家给了他们长成参天大树的希望。他们阳光帅气的脸庞不应该充满阴霾，他们应该笑着长大……

这五年，国家给无数个“狮象村”儿童送去自信，也给无数个“狮象村”家庭带来希望。我们和无数个“狮象村”孩子一样，都是祖国未来的花朵。我们共同成长，我们都是快乐奔跑追逐自由的少年，我们都是太阳的孩子，我们一起向往阳光！

盼新记

□ 麦小燕

公元二零一七年，岁在丁酉，双九重阳之月，中共十九大政治局常委首次亮相之日，吾受原工作单位之邀，返校活动。亲历其两事，感触颇深，挥之不去，莫之能忘。今趁征文之际，略陈其意，并名之曰《盼新记》。不然，难以释怀也。

是日也，天朗气清，金风送爽。旅途中，放眼车窗外，时而冈陵起伏，长林错落；时而田野平坦，稻海微漾；时而路边蔚然，野菊齐开，黄白相间，煞是醒目。唐代诗人刘禹锡云："自古逢秋悲寂寥，我言秋日胜春朝。"今之盛世，不其然也。

雾消日出，霞光闪闪，洒进车窗，使人怡然自得。车内旅客不多，人声不高。偶尔言者，不入我耳，稍纵即忘。惟有售票员与司机之交谈，不时飘进耳里，留意心中。他们有一搭没一搭，说些本地今年风调雨顺，甘蔗肯定是一个丰收年之类。孰料，司机转过话锋，对十九大盛况竟如数家珍，滔滔不绝，高谈阔论起来。还不时顾视售票员，询问时间几点。我口中不言，心下踌躇，起了疑惑，难猜其意。须臾始知，他要趁新常委亮相之前，赶回目的地，第一时间睹其风采。还猜测常委之人选，说出一串名字，后自言自语道："管他谁当常委呢，我不都得照样当司机呀！不过，这是新的大会，新的领导人，新的决策者，我要先睹其为快，才过瘾。"此其所以为"盼新"者也。至于我当此之时，不以为然，心静如井水，以为偶然之遇，不足为奇。

谁知无独有偶。学校活动完毕，已是当天下午。有一耆老，衣着一般，看其外貌，必是本地农民。本不认识，他只知道我们是当地的退休老师，便主动跟我们交谈，且开门见山，直奔十九大话题。不难看出，他喜悦之情溢于言表。自我介绍他观看电视，政治局常委看了几遍，说："人人容貌出众，个个都是大帅哥。看其天庭饱满，面目方正，一定是正气盈身，吓跑邪气。国家有这样的领导人，瑞祥之兆呼之欲出，今后前景更加可观，真是鼓舞人心！"听罢此言，再回顾上午司机之举止言词，我心中猛地波澜翻滚，思绪万千。故返程途中，上文所叙之司机、老者的话语，如余音绕梁，时时在我耳边回响，催我冥思。他们处于社会底层，日为衣食所累，夜为生计所愁；也没诸葛之贤，姜维之志，却能安身乐业，关心国事。难道他们是多舌者么？非也；是好看热闹者么？非也。则皆引颈而望之，其欲何为？

请看几年之前，我们湛江雷州市有一位农民长者，乘凉之间，向他的同伴说的一段话，大家也许能窥其一二之所以然来。他说："现在的政府，比我的亲儿子还要好呢！因为我的儿子一年给不了我几个钱，但政府一年却给了我一千多元，这不是儿子不如政府好么？所以我真是感谢政府，并希望我们的国家越来越富强！"

请问，骚人思士，能创作出这番肺腑之言来么？这些话不加雕饰，不用造作，体现了人民对我党和政府衷心的拥护和爱戴！

《孟子·离娄上》："得天下有道，得其民，斯得天下矣。得其民有道，得其心，斯得民矣。""得民心者得天下"，纵观我们党的历程，何曾不是践行此者，且年复一年在践行。"不忘初心，牢记使命。"共产党人的"初心"和"使命"就是民心所向。

古有"赤子苍头同感戴，九州万国被恩荣"，今有"全面建成小康社会，一个不能少；共同富裕路上，一个不能掉队"。

“人民对美好生活的向往，就是党的奋斗目标。”这是新时代的进军号角，让这号角伴奏我们高歌：“五星红旗迎风飘扬，胜利歌声多么嘹亮，歌唱我们亲爱的祖国，从今走向繁荣富强。”是的，放眼世界，我们中国真是繁荣富强了！

不忘初心　方得始终

□ 邵婉仪

杨老是村里唯一一位还在坚持用手工编织各种菜篮、花篮的工匠。他每逢赶集日都会带着那些他躲在自家小屋里编织的篮子到镇上卖，但生意并不好。现在市面上各种新奇、五颜六色、机器编织的篮子供大家选择，杨老的篮子却十年如一日的单调，虽然质量和编织技艺都极为出色，也无法与花样百出的批量生产的彩色篮子相比。

所以村里的人就嘲笑他，21 世纪过了十几年了，杨老仿佛还活在过去那个只有手工艺品的年代。他的老伴更是气得胸闷，骂他冥顽不化，这么多年仍旧没有一点改变。杨老也不反驳，默默蹲在门口吸着旱烟，多年来岁月的洗礼在他脸上留下的不只是深浅不一的沟壑，还有别人不懂的倔强。

这么多反对的声音并没有让杨老放弃这似乎被人遗忘的编织手艺，即使没有人愿意做他的助手，也没有人愿意传承，他还是起早贪黑坐在家门口的小板凳上，戴着一副老花眼镜，专注地穿梭在长短不一的藤条里，粗糙的双手划满的是长年累月留下的伤痕。编织一个篮子要花费一天甚至是几天的时间，杨老也不急，慢慢雕琢出编织纹路不一的篮子，即使已经六十几岁了，他的双眼依旧炯炯有神，特别是在穿插各种藤条时，眼里的光闪烁着年轻人才有的激情与干劲。

原以为杨老的作品就这样淹没于熙熙攘攘的市场了，但突然有一天，杨老的摊前出现了一个意想不到的客人。客人穿着斯文得体，鼻梁上挂着黑框眼镜，散发着读书人的文雅气质，在川流不息的人群中停在了杨老的摊前。杨老并不抬头，原以为他就像平时那些客人一样都是在摊前看两眼就走，想不到把篮子拿在手里反复欣赏的客人开口就要了三个篮子，还不断啧啧称奇：这手工篮子可谓是精品了。杨老听到别人夸自己的作品一时间还难以适应，等确定对方真的是衷心欣赏自己编织的篮子后，高兴得像个孩子打开了话匣子，跟对方说这个篮子自己做了很长时间，分享自己做的心得与骄傲。“可惜现在懂编织的人越来越少了。”杨老把篮子递给客人后不禁感叹了一句，喜悦褪去后只剩满脸担忧。客人很是诧异，“编织是我国的传统工艺，怎么会没人懂?”杨老摇摇头，远远看向隔壁鲜艳的、姹紫千红的机工做的篮子。“没人欣赏您怎么还在做?”客人也看到那些缝着蕾丝、喷着油漆、闪闪发光的篮子，并懂得了杨老说这话的原因，都说人是有趋利性的，为何这位鸡皮鹤发的老人要死死守着这些篮子过活呢?

“有些事，总得有人做。”杨老咧嘴一笑，像一位父亲自豪地看着刚学会走路的孩子一样看着他的篮子。客人为老人感到惋惜，这些工艺品不能就这样淹没在这些千篇一律的机工篮子里，中国传统文化不应该被遗忘，这种凝结了祖先智慧和精妙手工的作品更不应该受到冷落，也许只是缺了包装和宣传，也许只是少了支持。中华民族在几千年历史中创造和延续的中华优秀传统文化，是中华民族的根与魂。建立在5000多年文明传承基础上的文化自信，是更基础、更广泛、更深厚的自信，这种文化自信也应当在这个镇里得到建立和巩固。客人鼓励杨老几句就离开了。这对杨老来说也许只是平常一天，只不过是遇到了能说上几句话的客人罢了，可没想到，这些对话改变了杨老的人生，也改变了杨老手里那些暗淡无光的手工篮子。

杨老有些窘迫地看着对镜头，对着麦克风回答来专访记者的问题。客人走后三个月，镇里来人到杨老的家里，肯定了杨老的编织手艺，并支持杨老发扬自己的手艺，“中央说了要支持中国传统文化的发展，县里也下了文件要我们发掘身边的工艺，一位人大代表还特意提到了您老。”杨老这才知道帮助他的是一位县里的人大代表，顿时感动到语无伦次，终于有人懂得编织手艺的重要性。那些曾经嘲笑过杨老的邻里街坊，纷纷上门要将杨老的手艺看个究竟，杨老也不在意他们之前的嘲笑，对每一个上门的乡亲都作了耐心的介绍。就连杨老的伴侣也不再叫嚷着要杨老放弃编织的篮子，知道手工篮子的价值后，对杨老的事业作出了理解和支持。杨老并没有责怪自己的妻子目光短浅、不懂欣赏，他明白，不是每个人都能懂得优秀传统文化的价值，总得有人给他们提个醒。而这一次，有了政府的帮助就是最好的机会，让大家都能够把目光放回被忽视了多年的传统工艺品上。

在镇政府的支持下，借助新媒体的影响力，越来越多人知道这位靠编织篮子度过几十年岁月的老人，越来越多人通过网络向杨老下订单，杨老的孩子也从城里回来帮助父亲把这门手艺发光发亮。最重要的还是传承的问题，也是杨老最在意的问题。

“当时我师父一手一脚把这门手艺传给我时，我答应过要用心去经营这门手艺，我答应过要传承下去，我不能食言。”为此杨老特意开了个编织手艺工作站，教授那些真的喜欢这门手艺的人。虽然杨老识字不多，可是在教人这个方面不敢马虎，依然坚持亲身示范、口传心授。随着社会对传统文化的关注和年轻人观念的转变，杨老的弟子也越来越多。

“是什么让您坚持下来的呢?”记者非常好奇，在一个身边人都不理解的环境下，一位生活简朴的老人是怎样坚持一门不赚钱又辛苦的编织工作的呢？这位面对镜头紧张到搓大腿外侧，但提到自己的编织事业却眉飞色舞的老人沉默了一会，才缓缓说：“是初心吧，我答应过我师父的，也跟自己说过要好好学这门手艺。”老人眼神坚定，似乎在回想这一路走来的心酸与不易。这番话让记者对这位身材瘦小的老人肃然起敬，也让现场的各位陷入深思。

人生太长，走着走着就容易忘记自己当初为什么出发。路上的选择太多，有多少人能把最初的选择坚持到最后呢？很多人到最后才发现，最后悔的事情就是当初没有再坚持一下，可能再坚持一下，奇迹就出现了。不忘初心，方得始终！

家在小榄

□ 甘武进

近几年来，每年年初我总是带上家人开车返回中山小榄上班，很少与别人同行，因为家乡小镇在中山小榄务工经商的人真的不多。可今年的春节很特别，正月初五这天，竟然能与家在小榄的三位同乡一起开车结伴南下，这的确让我十分欣喜，也让我感慨万千，清楚了自己应该努力的方向。

认识那三位同乡纯属偶然。正月初一，我到镇上的本家灿叔处拜年，看到他家旁边分别停着三辆中山车牌的小轿车，这让我很意外。镇上停的小轿车不少，但绝大部分的车牌都是东北三省或浙江的。据我了解，小镇上的乡亲务工的大都去东北从事建筑行业，经商的大都去浙江做布匹生意，少数在深圳、东莞，鲜有到中山务工经商的。在灿叔的介绍下，我与三位车主坐在一起聊天。这一聊不得了，原来他们都在小榄当老板经商！年前一起开车回来，年初打算一起开车返回小榄。

应安是其中最健谈的一个，在小榄已经工作生活十五年了。他说，经过自己多年的打拼，现在永宁一家机械制造公司研发部做经理。前些年，他在小榄银菊花园买了房子后，通过积分让女儿进入永宁中学读书。孩子很争气，后来考上了市一中；前年买车时，作为公司的大功臣，董事会奖励了他一半的购车款；去年底，因为他负责的部门研发取得突出成果，为公司发展做出了巨大贡献，在年终的表彰会上他领到了一笔不菲的奖金。

他告诉我，今年公司新成立了研发公司，他被提升为研发公司的总经理后，更加忙碌了，肩上的担子也更重了。他说，目前公司的业务在非洲发展得非常好，董事会希望他负责研发的产品能够不断地推陈出新，提高科技含量，申报产品专利，保持领先优势，成为行业的领头羊。当我问到待遇时，他说，因为待遇丰厚，所以压力很大，他惟有心怀感恩，砥砺前行。

荣东看上去其貌不扬，个子也不高，给人的感觉就是一个普普通通的打工者。然而，了解后才发现大错特错——他是一家五金厂的老板，有员工一百多人，厂址就在小榄九洲基。他已在九洲基小学旁的九洲花园买了房子，并且装修得有点奢华（他妻子在旁边插话无意说出）。这次回来，是把老家的父母接到小榄定居享福的。虽然他父母舍不得老家的山山水水，但如今荣东的房子在小榄了，事业也在小榄了，他父母没有了坚持的理由，一家人总算可以在小榄团聚了。

我问他为何不在老家多待几天，怎么要返回得那么早。他说，刚接了一个大订单，交货的时间比较紧，需要尽快安排布置，如招些员工、增添几台设备、尽快投入生产。面对我诧异的神情，他笑着解释：他从事的那个行业（以生产各类铭牌、奖牌等为主）前景十分看好，因为各地赛事不断，国内多，国外也多，他都快忙不过来了。他希望今年在接到更多订单后，效益也能够翻番。

看看海涛伸出的那双手，我能想象得到他在外打拼经历过的苦难。那双手皮肤粗糙黝黑，手掌上的纹理中，类似油渍的东西残留在上面。他说，那些年长期与机器打交道，油渍已渗入到皮肤内洗不掉了。海涛在泰丰有家模具厂，员工二十多人。规模虽不大，但凭着他多年来的制模技术和做生意的诚信，在业内有着很好的口碑。这两年来，模具行业虽说不太景气，可他厂里的订单一直很多，效益很不错。他的房子在广合花园，全家早就在小榄定居了，因为堂弟结婚，才带着父母、妻儿回老家过年。

谈到来年的发展，海涛也是信心十足。小榄乃至中山的经商环境非常好，根据政府相关部门近期出台的有关政策、措施，他感觉今后的发展肯定会越来越好。他已打算再购买几台高端的数控机床，高薪诚聘专业技术人才，以便更好地满足各类客户的需求，将产品做得更好，赢得更多的客户，将业务不仅做大而且要做强，最终成为本地这个行业的领军人物。

他们告诉我，小镇上在小榄工作和生活的人也有不少，大多在小榄工业大道两边的工业区上班或做生意，有些人过得也不错，也在小榄买了房子，把家安在小榄。年前，开着中山车牌回乡过年的人并不比东三省、浙江的人少。应安说，早上六七点钟在镇上走一圈，会发现有五分之一的小轿车挂着中山车牌。回小榄后，他打算成立一个同乡会，把在小榄务工经商的同乡聚集起来，大家相互帮衬，让生活变得更美好。

应该说，像应安、荣东、海涛一样在小榄务工经商的乡亲都是成功人士了。在小榄这片热土上，我的同乡们在打拼数年后，有房、有车、有事业，并且把家都安在了小榄，安在了这个离老家一千多公里的地方，这值得老家人骄傲，也值得小榄骄傲。屈指算来，我在这个美丽宜人的小镇生活工作八年了，妻儿也在这边上班。看看应安、荣东、海涛的现在，我想自己也应该在小榄买套房子定居了。我相信，这一天一定不会来得太晚！

两地书，一样充盈了暖暖家国情怀

□ 袁斗成

每个人的家乡有不同的风味，但乡愁却是一样的。乡愁是一株植物，无论栽到哪儿都能生根、发芽，厚植于游子的心灵深处。吾心安处是故乡，我在番禺追寻着属于自己的梦想。

那年，我从部队退伍后，应了那句“东南西北中，发财到广东”，我独自登上了开往南方的长途大巴，终于到达古镇沙湾，在一家大排档吃快餐时，我认识了现在的老婆阿英。

岁月是最真实的见证者。我打工的第一站在沙湾的一家大排档，就在老市场旁边，离现在的古镇景区一步之遥。从南村到北村，从东村到西村，纵横交错的青石板小巷，我记不清穿行了多少次。从清水井到留耕堂，那是一条最熟悉的道路，我漫步其中，细细品味沧海桑田带不走的历史厚重感，让兴趣和向往叩开一扇扇门扉，品味岭南独特的水乡韵律。

家，多么诱人的字眼。眨眼间，我在珠三角漂泊已经十八个年头了，至今租的仍是那种民房。但幸福与快乐从来与房子无关，家的真正含义或许就是那种温馨的感觉。

乡愁仍然是位悬壶济世的“名医”，我的思念常常乘着夜色的翅膀回到老家。老家，一个是我的出生地，另一个则是老婆的娘家。广州—自贡—泸州，泸州—自贡—广州，我不停地来回奔波，有时候想把时间与情思均匀地涂洒在三地，三个令我魂牵梦绕的家。

当年，我是在广州与老婆相识、相恋的，那恰恰是我人生最灰暗的时候，一穷二白、前途渺茫，别说天价彩礼，就是几千块钱也拿不出来。没想到岳父岳母都非常开明，不仅没要一分彩礼，甚至还“倒贴”一笔钱，催促两人赶紧领证。如果当初岳父岳母非要“卡”我，恐怕不会有现在甜蜜的生活了。

偶尔看到新闻，时下在一些地方，彩礼动辄数十万元，有车有房是女方结婚的硬性条件。我不由感慨万分，虽然今年春节去世的岳父从来都未解释过为何不收彩礼，但我能够读懂他的心，他一定是希望子女过得幸福。勤俭、朴实、真诚，那是岳父留下的宝贵财富。

2014 年底，我的散文《喝盖碗茶的岁月》获得了中央人民广播电台“记忆乡愁”征文一等奖，在《乡村夜话》节目做完直播，次日央广网有位记者还陪我回到泸州小镇丹林记录了喝盖碗茶的乡土文化，顺便到我的乡下老家柏林湾走走，追寻有关年少的记忆。老屋是那种一半土墙、一半篱笆墙的川南民居风格，由于年久失修，老屋多年前就坍塌了，只剩下了一个土堆。我早就有两个光辉梦想：一是娶个“婆娘”，二是在城里买套房子。

我忘不了那个春节的正月初二，我携妻带子回老家小山村探望父亲。早早的，父亲颤颤巍巍爬上床，盖上被子就像老太太那样问这问那，“你在外边的生意如何？孩子哪年该上学了？”父亲突然抱怨祖屋的房子太旧，家具也破了，然后叮嘱我说，“你要多挣点钱，记得买个新房子，别像这里睡觉都不踏实。”我机械性地摇摇头，父亲的声音充满无限向往：“真那样，我一定来玩几天。”

但父亲并没有等到这一天，他去世已有十多年了。而买房子的梦想，我还必须弥补对老婆的亏欠。本来，在老家小城买套房，我们的积蓄已经够了，却一直犹豫，因为一位至亲掉进了传销陷阱，把自己套了进去。这坚定了我尽快买房的决心。我去年 9 月中旬匆匆返乡，在泸州几乎是一眼看中了一套三室一厅，先是交了订金，然后返回广州办理收入证明等材料，盘算着按揭会轻松点。

虽然新房还没装修，甚至也压根儿没计划入住，但我总算是有房一族了。走在街头，暖暖的阳光照在身上，有一种扬眉吐气的感觉。

前些年我是不愿回乡下老家的，说到吃饭，总是找借口推托，早早逃似的跑了。大哥在家新修了楼房，可那个黑漆漆的灶头，沾染了铁锈的锅，还有像黄泥汤的井水，令我心有余悸。以至于得知姐姐们回去，我会半开玩笑半认真地说："去吃鸡屎啊。"

不久前，我因事回了趟故乡，也去乡下逛了圈，大哥非要留我吃饭。我面露难色，大哥好像看懂了我的心思，坦诚地说："你亲眼瞧瞧再说吧。"走进大哥的厨房，眼前的灶具令人大吃一惊，脱口而出："用上煤气了？"表哥自豪地说："扛煤气罐多麻烦，烧的是天然气。"原来，随着天然气进村工程的推进，大哥家率先告别了"烟熏火燎"。

我是在农村长大的，读过不少作家的作品，比如《童年的炊烟》，描写了一幅温馨的乡村景象，只是袅袅炊烟升腾的乡村，却并不都是温暖的记忆。在童年的简单记忆里，柴火主要是秸秆或者落叶。天气晴朗还好，要是遇到接连几天的阴雨，秸秆没晒干，生火费事，浓烟呛得人直流泪水，而去扒柴灰，往往一脸只露出两个眼珠在转。最怕的还是火灾，我儿时亲历了乡邻发生的几起大火，全是烧柴火引起的，因为火稍微旺一点，火星会落到柴堆里，发现得晚时，火苗往往已经蔓延。

出乎意料的是，我观察大哥的厨房，灶头全砌了瓷砖，随便用布抹抹就干净了，全然没有了以前的"邋遢"，而大哥又花钱新打了口水井，井水清澈多了。这些年，农村的新房越建越多，一间灶房从纯泥巴垒，到石头、砖块，到燃气灶，从灶面的土、白灰、瓷砖，到现在家具式的灶台，一点一点，悄然改变，细心的我在心里逐一记录，干净、卫生、安全不再是奢侈的愿望。尤其是许多农家，潜移默化中思想也在变化，自发地把厨房与猪圈分开“互不干扰”，配套了厕所和浴室，厕所也有了男厕和女厕之分。

在番禺，我虽然算不上工匠，仍是一位普通的员工，只是中国智造的浪潮滚滚而来，我对工匠精神有着自己的理解。的确，弘扬工匠精神应当健全能工巧匠的评估、奖励机制，同时要走出“学而优则仕”等传统观念的束缚，劳动光荣要成为主流价值观。劳动者要主动参与素质提升、技能提升工程，把自己锻造成在哪儿都能发光的“金子”。然而缺了技能人才的专业、专注、敬业和坚韧，只有手艺的“工匠精神”可能半途而废，甚至漫天要价、骄傲自满。有道是干一行、爱一行、钻一行，“工匠精神”饱含对事业的热情，没有几十年如一日的坚持，没有攻坚克难、敢于拼搏的信念，恐怕很难养成优秀的职业操守。少一些急功近利，多一些专注持久；少一些粗制滥造，多一些优品精品。作为一位劳动者，同样有自己的责任和担当，爱岗敬业的职业素养非常重要。

透过一个普通的村庄、一条条公路、一栋栋新房的蝶变，我见证了农村发展、建设的一个窗口，乡亲的生活质量芝麻开花节节高。当然，我在番禺停留，始终保留那双发现美的眼睛，用心品味着番禺的精彩蝶变。拥抱新时代，每个人乡愁依附的情感都是一样的，故乡和异乡，只要从心底里爱她，都是不可或缺的部分。对此，我深信不疑。

把握新时代的“变”与“不变”

□古 迪

“经过长期努力，中国特色社会主义进入了新时代，这是我国发展新的历史方位。”一个论断，一句话，32 个字，承载了几代人的付出，饱含了无数先辈的血汗。认识到这个新时代是来之不易的，才会懂得珍惜，才会懂得“新”在哪里，应当“坚守”何方。

宗旨不变，方式更新。新时代是党和人民不懈奋斗的成果，成果的诞生与我们党全心全意为人民服务的宗旨意识密切相关。时代在变，共产党人的初心不变。坚持以人民为中心，坚持人民当家作主，坚持保障和改善民生，这些都体现出“人民”二字在中国的分量。“人民对美好生活的向往，就是我们的奋斗目标”，要达到目标，实现效果，贯彻宗旨，就必须要不断地学习为人民服务的本领，不断地丰富为人民服务的方式方法，不断地践行党的群众路线。锐意创新、积极作为、勇于担当，充分展示出新时代的新面貌。

改革不变，路径更新。改革开放 40 年，老百姓的日子一天比一天过得好，这是人们看得见的成果，是改革受益者的共识。我们要改革，我们要坚持全面深化改革，不改革不变通如何发展中国，如何发展社会主义，如何发展马克思主义？不改革的结果只有一个，就是走入绝境。我们党领导改革，坚持统筹推进“五位一体”总体布局，协调推进“四个全面”战略布局，在改革大潮中始终当好家、掌稳舵，体现出了高度的政治定力。我们要采取更多的办法，通过更多的渠道才能真正把改革进行到底。

发展不变，理念更新。发展是第一要义，我们坚持稳中求进的工作总基调不变，不断壮大我国经济实力和综合国力。只有如此，才能为民生保障、祖国统一等提供坚实的基础。我们要发展，要继续发展，更要人与自然和谐共生的发展，更要科学的发展。科学发展观是我们的指导理念，在“五大”发展理念的前提下，我们必须谋求新的调整和发展方向。例如，对经济体制创新的思考、对全球化进程中开放型经济的认识等，都应当具备新的理念。“世界潮流浩浩荡荡，顺之则昌逆之则亡”，放弃发展，便是逆流之鱼，理念更新，才是顺势之举。

自律不变，环境更新。中国共产党自建党的那一天起就是一个勇于自我革命的政党，无论是革命战争年代，还是和平建设时期，从未停止过“大浪淘沙始见金”。这样一个政党如今敢于“刮骨疗毒”“壮士断腕”，敢于自我净化、自我完善，这样的党只会越来越强大，越来越受到人民的拥护。全面从严治党，体现的是中国共产党人不变的自律精神。这是一种以党章为根本指导，坚持自我革新，始终保持同人民群众血肉联系的精神。在中央持续强力“打虎”“拍蝇”的新时代，环境越来越清爽，党内政治文化越来越健康。更要牢记，反腐没有过去时，从严治党永远在路上。

新时代、新思想、新作为。把握住新时代的“变”与“不变”才能够牢牢把握责任、使命与担当。“不忘初心，继续前进”，贯彻落实习近平新时代中国特色社会主义思想，为新时代中华民族的伟大复兴贡献自己的力量。

立足新时代　以仁心仁术铸“医魂”

□刘　力

使命呼唤担当，梦想照亮未来。党的十九大报告指出，人民健康是民族昌盛和国家富强的重要标志之一，而医生是实施救死扶伤、保障人民健康的主力军。十九大提出了新目标、新任务，作为一名医务工作者，立足新时代，就要用对生命的敬畏来维护医者形象，用对生命的呵护托举职业重担，继续发扬“救死扶伤，甘于奉献”的崇高精神，以更加饱满的热情继续为鹤城人民健康事业服务，用自己高尚的医德和精湛的医术为广大人民群众服务，做一名“暖医”。

这几年，我见证了我院医改试点带来的诸多惠民政策。大型仪器降价20%、药品的零差价销售、大量特殊药品纳入医保范畴，为众多患者减轻了经济负担，精准帮扶提升了医联体医院诊疗水平，避免了因“病”返贫。习近平在党的十九大报告中指出，“新时代要有新气象，更要有新作为”，立足医疗岗位，我对临床工作与生命有了更多的思考与感悟。

立足新时代，做一名“暖医”，要精益求精，不忘初心。作为影像医生要有“鹰的眼睛”“魔术师的手”，更要有“福尔摩斯的头脑”。在临床工作中，每天面临大量的病例，经常有“异影同病”“同影异病”现象，稍不留神，就会错过，唯有抛却冗杂，才会在类似的征象中及早发现病灶、精准诊断，为临床医生提供影像学依据。去年，有个膈肌巨大纤维瘤罕见病例，通过CT增强发现肿瘤载瘤动脉血供异常，于是，我用血管新技术进行 CTA 重建，为临床医生提供了清晰解剖图谱，让普外科医生避开了手术“雷区”，成功切除肿瘤，现在病人复查良好，我把此病例写成个案报道发表在《临床放射学杂志》上，引起医界警惕。

像这样的“靶点”还有很多。有一个少见病例，支气管脂肪瘤病人，半年来，病人一直以炎症治疗，不见好转，遂来我院诊治。我通过双能 CT 新技术影像后处理含碘量分析，排除了肺炎、肺不张的可能，后来手术证实气管内脂肪瘤的诊断，我把这一经验发表在《中华结核和呼吸杂志》上，以便引起同道对这一疾病的注意。我想，这些珍贵病例素材都是患者用生命给予的。生命赋予我们太多的奇迹，回馈给我们太多的信息和力量，我们怎能不努力创新为患者造福呢?

立足新时代，做一名“暖医”，要换位思考。医生不是超人，技术总有边界，但医生的创新能力不能丢，为病人服务的人文关怀不能忘。我们要在纷乱繁杂环境中找回逐渐丢失的爱心、责任心，还有创新精神。面对病人的不理解，我常常站在病人角度考虑问题，避免纠纷。有一次，一个病人青霉素过敏，担心造影剂对身体有伤害，我耐心与她解释造影剂的适应症与不良反应，从而打消了患者疑虑。守望医学至真至善情怀，用仁心仁术为病人保驾护航，才能赢得病人的信任，当好医学技术“摆渡人”。

立足新时代，做一名“暖医”，要不倦怠，方能守护荣光。CT 室每天病人众多，我作为主任医师，还要承担院内临床论证会、肿瘤 MDT、肺结节病人的会诊工作，常常感到疲惫。面对彷徨和犹疑，我不禁问自己，入党时的干劲消耗殆尽了吗?“不忘初心，继续前进”的谆谆告诫忘记了吗？我时常想起医学大家吴孟超，他是医学工作者的标杆，也是共产党员的楷模，90 岁高龄还出门诊、做手术，从不言倦，几十年如一日。吴老曾说：“医学是一门以心灵温暖心灵的科学，一个好医生，眼里看的是病，心里装的是人。”他以高超的医术、高尚的医德，赢得群众的信任。每每想到这些，我无比汗颜。作为医者，如今我们缺的不是设备、技术、能力，而是那份一往无前、甘于奉献的坚定信念，是那份“背着病人过河”的责任担当，为医者就应敢担当、多奉献。

立足新时代，做一名“暖医”，要与时俱进。医路逐梦，初心不改。为提高基层医院诊疗水平，我院与医联体医院建立了精准帮扶。我所在科室——CT 室，与克东县人民医院、讷河市拉哈镇卫生院建立了远程会诊，起初病人不多，随着地方医院宣传，当地医院病人日益增多，每天 DR、CT 影像会诊病例高达几十份，不包括每天正常工作，有时会感到累，但换来的是患者就医方便和基层医务人员水平提升。

“千淘万漉虽辛苦，吹尽狂沙始到金。”我是一名医生，更是一名党员。从医 20 年，入党 15 年，我想，要成为一名“暖医”，做患者的依靠和守护者，必须经过一段千锤百炼却又百折不挠的行医之路，不论背负多大的压力，遇上多大的挑战，都应不忘初心，砥砺前行，不断提升自身的医学素养，以赤诚大爱坚守岗位，以仁爱之心铸就“医魂”，这才是破茧之路。也唯有此，才能对得起“共产党员”这块金字招牌，守护好医生的荣光。

当代大学生应勇担新使命做新时代的弄潮儿

□ 魏伟均

2017 年 10 月 18 日，注定是要被载入史册的日子。

“不忘初心，牢记使命，高举中国特色社会主义伟大旗帜，决胜全面建成小康社会，夺取新时代中国特色社会主义伟大胜利，为实现中华民族伟大复兴的中国梦不懈奋斗。”党的十九大主题，震撼人心、催人奋进。

革故鼎新，当历史翻开崭新一页，注定要书写新的宏伟篇章。

党的十八大以来，在以习近平同志为核心的党中央坚强领导下，我们走过了砥砺奋进的五年，通过接续奋斗取得了伟大成就。五年来，经济建设取得重大成就，国内生产总值从五十四万亿元增长到八十万亿元，稳居世界第二，经济结构不断优化，“一带一路”倡议建设发展成效显著。

蹄疾步稳推进全面深化改革，习总书记亲任中央改革小组组长，坚决破除各方面体制机制弊端。改革全面发力、多点突破，重要领域和关键环节改革取得突破性进展，主要领域改革主体框架基本确立。做到老百姓关心什么、期盼什么，改革就抓住什么、推进什么，通过改革给人民群众带来更多幸福感。思想文化建设取得重大进展，马克思主义在意识形态领域的指导地位更加稳固。

中国特色社会主义和中国梦深入人心，主旋律更加响亮，正能量更加强劲，文化自信更为彰显。人民生活不断改善，脱贫攻坚战取得决定性进展，六千多万贫困人口稳定脱贫。教育事业全面发展，中西部和农村教育明显加强。就业状况持续改善，城镇新增就业年均一千三百万人以上，城乡居民收入增速超过经济增速。办成了许多过去想办而没有办成的大事……

百舸争流的壮阔景象下，也有暗流涌动、风急浪高的危急时刻。

当前世界局势依然复杂，充满不确定性。中国的发展无法脱离世界，世界的发展也无法脱离中国。在纷繁复杂的今天，以习近平同志为核心的党中央在治国理政实践中，始终把握“中国号”这艘巨轮的正确航向，风浪面前不慌张，挑战面前不畏惧，坚定不移引领党和国家事业劈波斩浪，向着中华民族伟大复兴的中国梦不断奋进，展现了坚如磐石的战略定力和政治智慧，令人欢欣鼓舞，催人扬鞭奋进。

崇高的理想，总能穿透迷雾照亮未来。宏伟的事业，正是在开拓中成就辉煌。

作为新时代的新青年，我们有义务、有责任为这辉煌征程贡献力量。我们生活在最好的时代。我们作为朝气蓬勃、奋发向上的群体，应该要有所追求，并在不懈的追求和奋斗中实现自己人生价值。我们有理由对未来充满信心，有理由对奋斗充满勇气。我们奋斗的使命，已经不是在百废待兴的平地筑高楼，也不是在落后的生产力面前弥补差距，而是向着更光明的前方勇敢迈进、更高远的目标冲刺。我们必须认清我们新时代的历史使命，勇担时代重任！

到祖国最需要的地方去，从最基础的事情做起，激情奋斗的青春正能量才能得到尽情发挥。我们要做到心中有信仰、脚下有力量，踏实地展现青春的风采、时代的风貌。

青年兴则国家兴，青年强则国家强。

我们肩负着决胜全面建成小康社会、弘扬时代精神的重任。十九大为我们描绘了接下来五年决胜阶段的磅礴画卷，全面建成小康社会，是当前党的经济工作的奋斗目标。如今的时代是改革创新的时代，表现为一种坚韧不拔、锐意进取的精神状态，体现了当代中国发展进步的要求。事实已经证明并将继续证明，改革创新是我们社会进步的活力源泉。

我们肩负着建设社会主义现代化的重任。当代大学生应该在人的全面发展作出应有表率，成为符合建设现代化国家的优秀人才，给中国社会带来新的飞跃。

弄潮儿向涛头立，旗帜领路声不息。我们站在新的历史方位上，要以弄潮儿的担当和勇气，迎击风浪、不断书写新的时代篇章。我们应勇敢地站在时代的最前沿，锲而不舍、驰而不息地奋斗，不断开辟事业发展新天地。我们已开启中华民族伟大复兴的新征程。中国人民必将无往而不胜，社会主义中国必将创造更加美好的未来。

正是因为梦想的实现不会一蹴而就，奋斗才能凸显其意义。“历史只会眷顾坚定者、奋进者、搏击者，而不会等待犹豫者、懈怠者、畏难者。”勇担新使命，我，准备好了！

三等奖

感受家门口的“十分钟文化圈”

□ 郝卫兵

习近平总书记在十九大报告中提出，我国社会主要矛盾已经转化为人民日益增长的美好生活需要和不平衡不充分的发展之间的矛盾。对于物质生活水平日益提升的人们来说，精神文化的需求已经成为他们美好生活需要的重要组成部分。这些年，佛山市政府在打造市民的“十分钟文化圈”方面可谓是不遗余力，卓有成效，我感受颇深。

首先是图书馆。这几年，佛山市图书馆通过发展联合图书馆网络，推动佛山市公共图书馆服务均等化。截至 2017 年 12 月底，成员馆数量已发展至226 家，比上年增加86 家，增长了61%。另外，自 2011 年开始探索建设佛山市智能图书馆，几年时间剧增至 175 家，极大地提高了市民使用图书馆的便利程度。现在，只凭借身份证，不用缴纳任何费用，你就可以在佛山五区任何一个图书馆实现图书的统借统还。我家附近坐公交车十分钟之内就有石湾街道图书馆，单位附近走十分钟就有图书馆祖庙分馆和自助图书馆，借书还书成为一件极为轻松的事情。

其次是市民的公共文化服务中心。这方面我感觉农村做的比城区还好。一位朋友在禅城区南庄紫南村，村里的文化综合服务中心共四层，面积达 2000 多平方米，远超过村居综合文化楼 200 平方米的国家标准。在这里，每月一场以上电影，每季度起码一场文艺演出，每半年一个以上文化展览……此外，专门有老师教村民们写对联、写大字，私伙局经常开放，供爱好者一展歌喉，专业社工和文化志愿者组织老人、妇女、儿童开展各种活动，棋牌、观影、健身、快乐厨房、社工咨询等项目安排得满满当当。

还有就是电影院。如今电影院基本上已经市场化了，这些年到电影院看电影也成为越来越多市民在节假日的选择。近些年来，佛山电影院的总票房逐年递增，电影院和银幕的数量也在不断增加，市民的选择余地越来越大。如今买电影票，只需要在手机轻点屏幕，就可以完成选影院、选座位、下单的全过程，省去了排队的麻烦。我家附近坐公交十分钟内的距离，就有三家电影院可供选择。

由市政府全部或部分买单的各种舞台演出，每年都有精彩的剧目奉献给市民，既有本地艺术家们创作表演的精品，也有与兄弟城市之间交流的力作。每次市中心的琼花大剧院有精彩的戏剧或者歌舞剧演出，总能坐得满满当当。一到年底，各区甚至各镇街，都会给市民送来精彩的新年音乐会，除了本省的交响乐团外，如今，俄罗斯、欧洲等国家的知名交响乐团也纷纷加入到新年音乐会的演出行列中去，为市民送上一场场听觉盛宴。

我作为一名文化工作者，既是公共文化服务的受益者，也是文化惠民的工作者和组织者。十八大以来，市文联组织带领全市各界的文艺家，开展“文艺六走进”（走进农村、社区、企业、学校、军营、机关），为广大市民带来了内容丰富、形式多彩的文艺惠民活动。

通过文艺大讲堂，开展“菜单式”文艺培训服务。为了贯彻习近平总书记关于文艺的“二为”方向，我们发动各协会的文艺名家，根据自己所长和基层单位需要，列出文艺讲座的“菜单”，供全市的各类基层单位选择。五年多来，文艺家们为全市的中小学、社区、企业等各类单位开展讲座数百场，极大地满足了广大市民对文艺知识的渴求。

为企业职工、村居群众送演出，丰富市民的文化生活。佛山市文艺界活跃着一大批文艺志愿者，每年市文联都会组织若干场精彩的文艺晚会，送到企业、工业园区和农村、社区慰问演出。每到一处，都能吸引大批的观众，赢得热烈的掌声，有时企业的员工或者社区的居民也会兴致勃勃地献上自己的精彩表演。

每年春节前的书法名家“挥春进万家”活动，更是佛山文艺家过年献上的必不可少的大礼。市区两级书法家协会组织书法造诣深的书法家，走到广场、村落、社区，为市民们免费挥春，所到之处备受欢迎，每年都有市民早早等在那里，等着拿书法家写好的春联回家张贴。

进入新时代，人们对文化的需求越来越高，文化工作者们应该及早筹划，与时俱进，不断拓展思路，创新方式，为满足人民日益增长的美好生活的需求凝心聚力，再立新功。

鮀城圆梦

□ 黄少钦

鮀城是汕头市区的别称，在我年少时，家乡饶平县还属于汕头市管辖，最早知晓鮀城是因为看了我大姐的一本课本，那本薄薄的书是汕头市教育局编的汕头市初中乡土地理课本。那时识字不多的我却对那本封面印着北回归线标志塔的地理课本情有独钟，被里面图文并茂的内容所吸引，爱不释手。也是从那时起，我喜欢上收听汕头电台的广播节目，那些节目至今令我难以忘怀。

年少时只来过一次鮀城，却对这座充满海滨风情和潮汕风韵的城市特别有亲切感，也是从那时起开始迷恋上这座城市，就同我迷恋一首首经典歌曲，或者一部部怀旧电影一样，那种莫可名状的喜悦清晰地铭刻在心里，难以用言辞表达，如同一种与生俱来的默契与缘分。喜欢鮀城，因为鮀城是年少时我梦想之所在，长大以后，来自农村的我在这里实现了求学、就业、定居的梦想。

十二岁那年秋天我和母亲、大姐游览鮀城的情景历历在目，在风光旖旎的海滨长廊，年少的我兴奋地走着，衣袂迎着海风飘扬，晴朗的天空下，串串欢笑随风飘荡。在记忆中，充满浓浓古朴气息并散发岁月独特韵味的中山公园，假山、九曲桥、玉鉴湖、动物园……让我印象深刻。此外，旧城区那些中西合璧的骑楼建筑，充满潮汕风味的美食小吃，还有经济特区那一边如雨后春笋般欣欣向荣的繁华景象，使汕头成为我最向往的一座城市。少年时的梦想是考上汕头大学心仪的专业，毕业后在这里就业、定居。可是，事与愿违，那一年高考失利，被第四批次的学校录取，在汕头的一所高职院校度过三年的大学时光，勉强圆了在鮀城求学的梦想。

回眸刚毕业的那段时光，前路曾如浓雾弥漫，渺茫而不知所措。那一年夏天，我开始了艰难的求职日子。由于刚毕业没有任何工作经验，而且我性格内向不擅于沟通，英语、国语都不流利，自我介绍的时候常常因为紧张而吞吞吐吐，很多次断断续续的自我介绍完之后，招聘人总是婉言拒绝，还流露出不屑一顾的目光。每逢海滨路的人才市场开市，失落的我整个上午都在那里徘徊，下午奔波于各大工业区找寻招聘信息，炎炎夏日，长途跋涉，每天下午步行很长的时间，双腿酸痛。两个月过去了，我投出去二十多份求职简历杳无音讯，天真的我才发现原来外面的世界很精彩，外面的世界也很无奈，理想与现实格格不入，年少时的梦想和愿望恍若是一场虚幻的美梦，消失得无影无踪。

那个夏日黄昏，街灯逐渐点亮，我的落寞和失意刚刚开场，独自在繁华的金砂东路上徘徊。不由自主地想起了熟悉的旋律："天边飘过故乡的云，它不停地向我召唤，当身边的微风轻轻吹起，有个声音在对我呼唤，归来吧，归来哟，浪迹天涯的游子，归来吧，归来哟，别再四处漂泊……"这是我学生时代喜欢的经典歌曲，此情此景，我才真正体会歌词所表达的真谛，失望的眼泪湿润眼眶。撩起了浓浓的乡愁，徘徊的目光中，我想起了家，想起了小时候家乡春天时节美如图画的田野，六月稻谷成熟的季节里那些沉甸甸的金色稻谷，还有明媚阳光照耀下海岸边满载而归的渔船，而我却在毕业季，漂泊在都市里，乡愁就像一方小小的信笺，总是在无法预料、毫无防备的情况下悄然而至。

在失望中又度过了四个月，一转眼夏秋已过，冬季来临的时候，我好不容易找到一份化妆品贸易公司仓库管理员兼搬运工的工作，工作虽然很辛苦，但微薄薪水还可以勉强解决房租、一日三餐，不用“啃老”，可以减轻父母的负担。公司虽小，但偶尔有组织慈善公益、户外展示、旅游拓展等活动，每年年底还举办春节联欢晚会，这些为我提供了许多锻炼的机会。第二年年底，在公司举办的春节联欢晚会上，当我在舞台上颤抖的手握着麦克风，满脸通红地唱着那首老歌《红帆船》的时候，舞台下阵阵掌声此起彼伏。当演唱结束舞台下一百多双眼睛投向我的时候，我好像有一种久违的自豪感，心潮澎湃，内向腼腆仿佛在一瞬间消失的无影无踪。《红帆船》的歌词依然浮现在脑海里：“小时侯你送我一只红帆船，你说你要带我去远方，那些美丽而天真的誓言，依然飘荡在耳边，我终于明白很多梦想，不会那么轻易靠岸……人生太多太多遗憾，还来不及感叹，又要面对现实的挑战，曾经多少多少梦幻，经不起岁月摧残，就像那只红帆船。”后来，我换了几份工作，每一次工作环境的改变都是一次自我提升，都是一次质的飞跃，收入渐渐高了，慢慢有了一些积蓄，终于告别“月光族”的日子。

今年年初，我用这些年的积蓄在龙湖区成功按揭了一套新房，那个楼盘还在建设中，再过一年就可以搬入住新居了。毕业时，很多大学同学都选择在以省城为中心的珠江三角洲地区打拼，至今蜗居在都市的角落里。然而，我定居鮀城梦想终是实现了。圆这样的一个梦想，耗费的时间是整整 12 年。即便如此，我或许还算是幸运的，从农村走出来，然后真实地走进这座城市，拥有一个属于自己温馨的家。整个过程不是简单用“努力 + 时间”这个公式就能顺理成章计算出来的，如果我那时到省城寻梦，套用了这个公式，也许没有等到期待中的理想答案。我开始觉得，我有些依恋这座城了，偶有出差在外，返回的途中，进入汕头地界的那一刻，我的心就踏实起来，心间充满了回家的温暖。

繁华的龙湖区，到处绿树成荫，处处鸟语花香，那些拔地而起的漂亮楼盘，胜似花园的住宅小区，无不彰显汕头宜居的魅力。在这座宜居的美丽海滨城市，在悠闲缓慢的节奏生活，确实是人生的乐事。或许，只有在鮀城悠闲的时光中生活的人，才能感知鮀城从一个昔日海滨小城到如今的国际化海滨港口城市的沧桑巨变。

前几年去省城出差，我惊叹于一座座高耸入云的摩天大楼，惊叹于流光溢彩、华美艳丽的广州塔，惊叹于四通八达的交通网络。但紧张的生活节奏使马路上的行人总是步履匆忙、神情严肃。而在鮀城，独特的文化孕育了独特的地方气质。这里有淳朴的民风，市民安居乐业，城乡各地自然生态保护完好，到处绿意盎然。这里人杰地灵，富商才俊从百载商埠走向世界各地，是海内外潮籍乡亲魂牵梦绕的侨乡故里和投资热土。这里有一份返璞归真的美好，隐匿着委婉细致的文化，耐人驻足寻味千百回。这里不失悠远优雅的气息，又不乏朝气蓬勃的活力。

鮀城马路上行色匆匆的人们，不知有多少人像我一样，曾经把自己当作这个城市的一名过客。如今的我，已经在鮀城实现了年少时的梦想，已经不愿再做漂泊的游子，只想永远停驻在这里，好好书写自己的精彩人生。多少个夜晚，那宁静的海滨小镇依然在我梦境里萦绕不去，因为它是我终生怀恋的故土。而曾几何时，鮀城也早已在我心底烙上深深的印记，成为我的依恋，就像身边的亲人和朋友，伴我同行在漫漫人生路上……

亦情亦友接访室

□ 林叙雄

生活就如家乡的榕江水一样急湍奔流着，或许会遇到险阻，或许会遇到浅湾，但不论遇到什么，我们都要勇敢去面对，去跨越，不虚度时光，不浪费机会。珍惜韶华、敏于求知，方能练就过硬本领；大胆创新、积极探索，方能谱写人生美丽诗篇。

我是一名信访工作人员，从事信访工作已经 13 年，在这 13 年里和上访群众从相识、相知到相惜，从情绪对垒到理解帮助，我的接访室里永远是亦情亦友的氛围。在接访室里经常和群众谈论人生、未来、理想。在工作中我感到上访群众还有一扇心灵的窗户期待我们去打开，这扇心灵窗户打开了，上访群众会理顺心态，静下心来谈问题、谈认识，甚至谈理想未来。因为这扇心灵窗户是他们情感的栖息之处，时刻期待释放另一种心路历程，而且上访群众蕴含的心路历程往往都是另一种人生定位的正能量。珍惜韶华、敏于求知，他们也都有这些共鸣点。

在最近的一次接访群众中，我发现一名比较年轻且充满了情绪，还有点蛮不讲理的来访群众。交谈中我了解到他已经进入了问题思维误区，也即其上访诉求走入理解的死胡同。与这样的上访群众接触，重在解释、疏导，帮助他思维转个弯，这样一来一切都会释然。可以暂时不用理论、政策予以回复。因为理论、政策予以回复，根本没能使一个思想已经进入误区的群众醒悟过来，这是我从事信访工作 13 年的经验。这个上访群众反映其 10 年前从部队退伍回到地方，他那时是可以安置就业的，但他 10 年前没有安置就业，而是外出做生意，现在感到生意难做，就想到民政部门要求安置就业，而民政部门认为他 10 年前放弃了安置就业，就是他自己选择的结果，现在不可能再安置就业。这个群众带着这个诉求上访，要我帮助他解决这个问题。通过交流，我认同民政部门的回复，但回复之前我先给这个上访群众举了个例子。我对他说："如果你 10 年前考上某大学，而 10 年前没有入学到某学校读书，现在要求重新入学注册读书，某学校同意吗?"这个简单的道理，使这个群众恍然大悟，他立即意识到其诉求已经失去时效性，自己错过安置就业机会，现在已经是无法挽回的事实。他立即对我表示谢意，感谢我的细心疏导，并表示他不再就这事继续上访。他自己感慨地说："既然自己选择经商就继续走下去，天无绝人之路。"我也与他共勉："撸起袖子加油干，进入新时代，何处不是发展的康庄大道，任何职业都有其光彩靓丽的一面。"在我解释后，这个年轻上访群众满意地离开了。望着他离去的背影，我默默地为他的经商创业之路点个赞。

诚然，青春拒绝胆怯，梦想是青春的动力，即使发展中碰到困难，也正是为了考验你的意志力和处世心态，心态代表一个人的精神状态，有良好的心态，生活、学习、工作就有了方向，人只要不失去方向就不会失去自己。上面这个上访群众，看得出他的思维有了转变，认识有了提高，这是我所期盼的工作效果。

上个月，由于工作需要，我调到新的工作单位，离开了工作 13 年的接访室（其中 8 年在揭东区接访室，5 年在空港区的接访室），有几个曾经上访的群众得知后前来送别，他们有的还到组织部说明不能调离我的原因。他们认为我和蔼可亲的接访方式，再也没有更好的人可代替。我非常感谢这几名群众，我对他们说："我离开后，组织会调更优秀的干部来做群众工作的，请放心。”很明显，感性的人，总有太多舍不得的原因，感谢这些前来送别的群众，他们对我工作的肯定，也体现了上访群众的期待，他们期待未来的信访干部队伍更优秀、更贴心，更能为民办实事好事。

进入新时代是十九大的最强音，我也期盼未来的信访干部能够在这个新时代有所作为，更好地发挥社会效应，更好地服务广大人民群众。

不忘初心　做一名幸福的人民教师

□夏　波

我在山东长大，在吉林上大学，毕业那年从遥远的北国长春来到广东东莞执教，不经意间已在岭南度过了7个春秋。从华东到东北，从东北到华南，这就是我三十多年来的人生足迹。走南闯北的经历告诉我，要真正了解一个地方的风土人情，一定不可以道听途说，必须要在那个地方住上一年半载才算得上略知一二，对广东的印象正是如此。

当年从东莞东站下车后，我第一眼很失望，当时的东莞东火车站很破旧，而车站往往是一个城市的门面。几番周折后，终于找到了工作单位，东莞市常平中学。学校虽然地理位置比较偏僻，但却恰好适合教书育人。做老师是我的夙愿，恰好我天性不爱热闹，所以在这样一个交通不便的地方，有缺点也有难得的优点，我且在此传道授业解惑吧。

既来之，则安之。春去秋来，寒来暑往，当初苟且的想法是在这个地方过渡一下，择机再谋他路，没想到一晃7年过去了。7年过后，如今要扎根于此的念头却坚如磐石。7年时间，我从一名见习教师逐步成长为中学一级教师，从初出茅庐的毕业生到如今也已成家立业。我的成长离不开我所处的时代，离不开我所处的环境，这个时代就是新时代，这个环境就是新东莞。

2017年党的十九大召开了，2017新改造的东莞东站已经开始运行，2017年莞惠城轨开通了，从东莞常平镇到惠州西湖风景区只需

30分钟，而且东莞的地铁也在规划和施工中了，2017年我在东莞买了房。随着十九大大湾区建设政策的落地，东莞正从制造业名城向智造业名城快速转型发展，使得东莞更有吸引力。

习近平总书记在党的十九大报告指出“建设教育强国是中华民族伟大复兴的基础工程，必须把教育事业放在优先位置，深化教育改革，加快教育现代化，办好人民满意的教育。要全面贯彻党的教育方针，落实立德树人根本任务，发展素质教育，推进教育公平，培养德智体美全面发展的社会主义建设者和接班人。”我作为一名人民教师，深感责任之重大，使命之神圣，同时也感受到了我所工作的学校在十九大后，更加积极向前进。十九大后，我所在的学校掀起了一股学习十九大精神的热潮。学校里先后向全体教职工和党员教职工宣讲了十九大会议精神。学校党支部书记在党支部大会上说：“必须全面贯彻党的教育方针，坚持不懈培育和弘扬社会主义核心价值观，坚持不懈促进学校和谐稳定，坚持不懈培育优良校风和学风。要强化价值引领，发挥课堂教学主渠道作用，教育引导青年学生坚定理想信念，用习近平新时代中国特色社会主义思想武装学生，强化青年学生的时代责任和历史担当。”

在深入学习和践行十九大精神氛围下，我所在的学校在教育教学、学校管理各方面都取得了新的突破和成绩。我们学校处于两个镇区的交界处，远离镇中心，虽然公共交通不发达，但是周边的工厂却不少，工厂的排污曾一度被全校师生诟病，学校及其周边的环境对教学的影响，对师生健康的影响非常大。十九大前后，政府环保部门和学校合理对学校的空气污染现象进行了考察，对周边排污的工厂进行了排查，对查明的排污设施不达标的工厂进行了整顿，现在学校的空气质量非常好，晴天的时候基本都是蓝天白云，令人心旷神怡。另外一项值得全校师生庆贺的事是我们学校终于要有自己的体育馆了。学校虽然面积很大，有两个田径场，但却一直没有体育馆。学校要开展大型活动的时候，都是靠天吃饭。有好多次，正在集会的时候，天就下起雨来了。十九大后，我们得到了一个确切的消息，市政府已经同意为我校建设一个体育馆。全校师生在听闻这个消息后都欢呼雀跃。这些天，学校已经开始体育馆的选址工作了。学校的教学环境越来越好，教师的积极性越来越高，师资力量不断壮大，教学质量也越来越高。习近平总书记在党的十九大上指出“青年兴则国家兴，青年强则国家强”，青年一代有理想、有本领、有担当，国家就有前途，民族就有希望。身为人民教师，我们更觉自身责任匪轻，使命光荣。十九大后，学校把深入学习和贯彻十九大精神与强化师德师风建设，强化校风学风建设结合起来，取得了良好效果。现在，老师们在谈论学生的时候都说：“这一届学生素质高了不少啊。”

十九大后，老师们的获得感和幸福感提升了，老师们也不断加强自我学习和修养，今年我校又有 2 位老师成为学科带头人，3 位教师荣获市教学能手称号，有 5 位老师申报的课题成为市级立项课题。这都彰显了十九大后全校师生倍受鼓舞，奋勇拼搏的精神面貌。

作为一名普通人，我们的幸福感来源于身体健康、家庭幸福，作为一名老师，我们的幸福感来自于帮助学生成长和成才，而这一切都离不开国富民强。相信在新时代中华特色社会主义的道路上，在实现中华民族的伟大复兴的征程上，我们每个人都会越努力越幸运。

我的新时代　我的新征程

□ 骆志钦

新思想引领新时代，新使命开启新征程。党的十九大宣告中国进入了新时代，吹响了夺取新时代中国特色社会主义伟大胜利的前进号角。总书记作的十九大报告铿锵有力，掷地有声。这份报告是中国共产党人再一次面向未来的庄严宣誓；这是全党全国人民为实现中华民族伟大复兴而奋斗的行动指南；这是一种人民至上的执政情怀！每次阅读十九大报告，心中都会激发起力量。

这份力量来自对党的十八大以来，以习近平为核心的党中央领导集体的由衷起敬。党的十八大以来，中国发生了翻天地覆的变化，正如报告中所说的“五年来的成就是全方位的、开创性的，五年来的变革是深层次的、根本性的”。十九大召开前央视推出了七部政论片，每一部都给我以启发，从《将改革进行到底》这部片中，我看到了全面深化改革的力量。改革全面发力、多点突破、纵深推进，想起 2013 年的十八届三中全会的全面深化改革；从《法治中国》中，我体会到中国特色社会主义法治体系日益完善，想起了 2014 年的十八届四中全会的全面依法治国；从《巡视利剑》中，我看到了从严治党的卓越成就，想起了 2016 年的十八届六中全会的全面从严治党重大问题；从《辉煌中国》中，我看到了全方位成就的中国，想起了 2015 年十八届五中全会的新发展理念；从《不忘初心，继续前进》中，更是想起了十九大报告的开篇主题；从《强军》中看到了强军兴军的新局面，可以说军队的发展和改革是前所未有的；从《大国外交》中我全方位领略到习近平总书记构建人类命运共同体的大国外交思想。

这份力量来自于对习近平总书记“7·26”讲话与十九大报告理论的深度理解。按照中央以往惯例，每次召开党代会之前，都会召开一个省部级研讨班，为党代会的报告的理论作铺垫。比如十八大的前的“7·23”讲话，十七大前的“6·25”讲话，十六大前的“5·29”讲话等。今年以来，我也一直在思考十九大报告的提纲和理论主题，一直等待着年中召开省部级研讨班，7 月 26 日省部级讲话后，深刻研读讲话内容。现在回过头看十九大报告和“7·26”讲话，会发现很多相似之处，“伟大斗争、伟大事业、伟大梦想、伟大工程”“站起来、富起来、强起来”，这些最早是在“7·26”讲话中提到的，讲话中“中国特色社会主义进入了新的发展阶段”其实就是十九大报告中的“中国特色社会主义进入了新时代”！所以说，读懂了“7·26”讲话就弄清楚了十九大报告！

这份力量来自于对习近平新时代中国特色社会主义思想的高度评价和拥护，习近平新时代中国特色社会主义思想是对马克思列宁主义、毛泽东思想、邓小平理论、“三个代表”重要思想、科学发展观的继承和发展，是马克思主义基本原理同中国具体实际相结合的又一次飞跃，也是贯穿党的十九大报告的灵魂。从“八个明确”到“十四条坚持”，我深有体会！“坚持全面深化改革、坚持新发展理念”其实又跟“五位一体”总体布局和“四个全面”战略布局相互对应，也是对习近平总书记治国理政新思想新战略的深度诠释。

这份力量来自于对新一届中央领导集体的绝对信任和拥护。十九届一中全会上，习近平同志再次当选为中央委员会总书记、中央军委主席，一批为党和国家事业做出重大贡献的同志从党中央领导岗位上退下来，一批德才兼备、年富力强的领导干部进入新一届中央委员会和中央领导机构。这是一个政治坚定、团结统一、坚强有力、奋发有为的中央领导集体，这是一个人民可以期待、适应党和国家事业发展需要的中央领导集体。我们相信，以习近平同志为核心的党中央将带领全党全军全国各族人民，决胜全面建成小康社会，奋力夺取新时代中国特色社会主义伟大胜利。

中国特色社会主义进入了新时代，“新时代”是当今最鲜明的主题，“中国梦”是当今最核心的主旋律。我们个人也已进入新的时代、新的征程。回顾这30年来，自己走过的路、经历的时代，就是一部时代进行曲。童年时《春天的故事》的旋律还在耳边响起，少年时《走进新时代》的曲调催人奋进，青年时踏步在《走向复兴》之路上奔跑，新时代的《中国梦》正扬帆起航！每一个时代都有每一个时代的特征，都有每一个时代的主旋律，正如习近平总书记在十九大报告中所说的“时代是思想之母，实践是理论之源”，对此我深有体会。回想起这些，都会激发起人民奋进的力量。

我的时代是跟历年党代会同步的，自己从求学时起就一直关注每一届的党代会，之前一直想策划“我与党代会20年（1997—2017）”的专题，1997年十五大召开时，我念初中二年级，清晰地记得我在周报上写关于十五大召开的文章，被班主任在班上诵读并得到全班同学赞许的自豪感，现在还记得十五大的主题是“高举邓小平理论伟大旗帜，把中国特色社会主义全面推向二十一世纪”，召开时间是9月12日—9月18日。2002年十六大召开时，那时我念高三，备战高考，记得综合考试政治板块中经常考“5·29”讲话的“三个代表”思想的内容，也清晰记得十六大闭幕时学校广播播放十六届一中全会公报，听到“李长春同志”名字时那种兴奋之情。时任广东省委书记李长春同志当选为中央政治局常委，那时我还特意去学校附近的报摊上买了份《南方都市报》，看大头像的新一届领导的名单简介。2007年，十七大召开时，我刚毕业出来工作，当时公司与省委政法委合作策划庆祝十七大召开，全省政法系统书法、美术、摄影展的一本画册，第一次走进了省委大院，第一次走进了传说中的“‘三个代表’和‘科学发展观’的发源地”——珠岛宾馆，那时对十七大报告、科学发展观有了深刻的了解，也还记得十七大后，新上任汪洋书记在省委十届二次全会上掀起的思想大解放浪潮。2017 年，十九大召开的今天，深刻研读“7·26”讲话，深刻回顾“四个全面”的历次全会，十九大，进入了新时代！回顾这二十年，从十五大到十九大，经历了童年、少年、青年时代，经历了求学和出来工作的历程。从小山村口的百年朴树中走来，从巍巍东江河水走来，从珠江云水走来，从鹏城湾畔走来，此时此刻，感慨万千，站在人生的一个新的历史起点上，那就是——我的新时代，我的新征程。

我的新时代、我的新征程就是要牢牢把握和感恩当今这个伟大的时代。紧扣时代主题，把握时代脉搏，习近平总书记在报告最后讲到“青年兴则国家兴，青年强则国家强”，这给我莫大的鼓舞，自己作为青年一代，要有远大的抱负和理想，做时代的弄潮儿。也许这 30 年来，自己走的路很不平坦，没有走好自己求学、就职之路，但这些并不会阻碍自己前进的步伐，“坚定理想信念，志存高远，脚踏实地！”“站立在九百六十多万平方公里的广袤土地上，吸吮着五千多年中华民族漫长奋斗积累的文化养分。”每一次读到这里，都是一种震撼。在这个伟大的时代，没有理由不让自己在实现中国梦的路途中放飞青春梦想。

我的时代、我的新征程就是要不断提升自己的工作技能和创新水平。现在是数字经济、互联网时代，科技创新尤为重要，特别是自己本身就是从事互联网智能家居行业的，要不断提升自己互联网技术，不管是自己现在从事的前端开发工作，还是后端开发工作，都要不断提高和加强，成为专业的互联网人才，利用好互联网，发展好互联网，坚持是学习的核心。本人还要加强对数字经济的基础研究，提升自己的研究分析能力，在事业上有所作为。

站在新时代，迈向新征程，为了梦想而奋斗的感召更加强烈：

——时代在召唤：

不忘初心，继续前进；

——心头在勉励：

脚踏实地，鹏程万里！

站在新的起点上重新出发

□ 黄燕珠

初冬的早晨，天蒙蒙亮，校道上鲜有人走动。昨夜忘关的阳台灯，微弱的光在闪烁。深吸一口寒气，瞬感舒畅。哼着熟悉的歌曲，踏着轻松的步伐，此时的我感谢生命还在，珍惜生活重来。

党的十九大在北京召开，引起了多方关注。认真学习十九大精神，在中国的新时代新起点上，重新出发。人的一生中，也会存在一些转折点，比如发生一些重大事情直接导致人的改变。前段时间朋友推荐我看了于娟的《此生未完成》，一行一句间透露出对生命的热爱和不舍，让我一次次潸然泪下。

“虽然生病让生命变得很痛苦，但是有更多的真情让我们不能放弃，虽然生病让生命变得很惨淡，但是有更多美好让我们不忍放手，所以，让我们选择一起坚持，一起战斗。”朴素的语言显示出病痛的折磨以及她的坚强意志。很感谢在我最低落的时候与“它”相遇，使我能坚强乐观地对待自己的“病中注定”。

就在半年前，我做了人生的第一次手术，父母不在身边，异常紧张，张开的双手抱不住任何安慰。我依然记得清明前后的蒙蒙细雨，手术室里的冰冷，呼吸器的噗噗声。左耳经历了一次大浩劫，随着麻药渐渐消去，我慢慢恢复了意识。虽然我看不到伤口，但是我能感受到刀口仍在流血。当看到守在手术室外的大哥，我先是笑了，然后泪水决堤。事情也许并没有想象中那么糟糕，只是当时的我很脆弱。

离家在外的游子，总是喜欢把自己伪装得很坚强，对家人朋友报喜不报忧。当医生诊断要进行手术时，我瞬间手足无措、孤立无助。我强忍着泪水走出医院，然而在医院回学校的公交车上，所有的伪装都化为乌有，我一路独自啜泣，就像一个内心受伤的少女，急须人安慰。在等待住院通知的日子里，我感觉自己的天都要塌了，想起一次哭一次。我感觉这辈子的眼泪都在那些天流光了。我的害怕恐惧源于未知，等手术过去之后回看这一次，虽心有余悸而又不得不感谢这次的痛苦经历，让我有了新的开始。

也许之前的生命平淡无奇，经过一场生活的大风波，你对待平凡生活的态度也会发生变化。在这个平凡的世界，平凡的人做平凡的事也是一种精彩。很多人到了生命尽头，会感叹：如果生命可以重来……康复出院后，我的生命盛放得更加灿烂。纷飞的落叶回归尘土，每个路人的脸上都带着善意的笑容。我强烈地意识到自己将会重新开始，我比于娟幸运，我的生命还在继续，我的生活可以“重来”。

在新开始的节点上，我希望自己可以有些目标去实现，即使是很小很小的一个。坚持跑步和早起对以前的我来说，简直是痴人说梦。但现在的我觉得，只要意志坚定，只要热爱生活，没什么不可能。“一人生病，全家担忧。”我知道自己生病期间家人都很焦急，他们为是否应该打电话给我而犹豫不决，生怕说了什么不该说的话影响到我的情绪。我给他们带来了那么多的麻烦，但他们没有抱怨，只有安慰和支持。也许只有这种时候才能深刻地感受到家人的呵护，但我的心里会惭愧又让他们操心了。当你遇到困难的时候，只有家人才会义无反顾地出来为你遮风挡雨。即使不能经常回家，也要时不时打电话回去问候一声，也许再寒冷的天气心也会是暖烘烘的。有人关心着真好，有你们，活着才是幸运的。

我翻开《平凡的世界》，陪孙少平经历了几个春夏秋冬。农村的孩子生来有股倔劲儿，想在新的天地开辟属于自己的生活。我非常欣赏他的学识和观点，完全不拘于一个长期生活在黄土地上的农民的思想。我不想对自己的理想高谈阔论，更珍惜现在的每一分每一秒，珍惜这份重新开始。现在的我对很多事情没有过分的得失感，既然发生了也会觉得那就算了吧。别人获得成就是别人的努力，应该给予祝福。这份乐观和开朗，曾经的我多么渴望拥有。看淡不代表容许自己不努力，相反地，我觉得自己的境界不够，还是要努力阅读、努力学习、努力锻炼、轻松生活。我是个来大城市闯荡的农村娃，没有靠山，没有背景，条件自然不如城市里的同学。只有每天的学习阅读才会使自己觉得可以在这里继续闯荡下去。能闯荡也是一件幸福的事，对于孙少平，对于我，对于千千万万的农村孩子来说，都是一件了不起的事。

党的十九大顺利闭幕，中国进入了新时期。在习近平新时代中国特色社会主义思想的指导下，我们将迎战全面建成小康社会的伟大任务。观看纪录片《辉煌中国》，可以感受到我们国家这些年来的重大变化，“中国梦”“一带一路”等高频词汇正在影响着我们每个人的生活。重获新生的自己，希望能紧跟时代的脚步，为祖国，也为人民做出一些自己的贡献。这是一个大学生应肩负的责任，更是一位中共党员应承担的义务。

渐入冬季的广州阻挡不了我满腔热情，我想每天和寒风一起来迎接晨曦。有机会重新开始的我，脸上堆满了笑容，幸福和努力不分春夏秋冬。浓雾中迎面走来的每个人都是那么地亲切。“莫道君行早，更有早行人。”就像我们登山快到顶的时候，人烟稀少，路上遇到的人都是坚持不懈爬上来的，即使不认识也会亲切地互相鼓劲，山顶就在前方。

左耳随着时间慢慢痊愈，但这件事带给我的影响会一直延续下去。我很感谢这次生命中的劫难，看清了很多事和很多人。时间有限，生命不知道什么时候会戛然而止，也许没有以后。在“中国梦”的大潮流下，我有自己的“小梦”。优秀的人还在努力，我有什么资格偷懒呢？在努力的过程中，也别忘了享受生活。珍惜重来的机会，我会让自己活得更精彩。

幸福粤地无处不幸福

□ 唐文胜

闯荡粤地二十年，从卖水果的小贩到一身泥土、一身汗水的勤杂工；从舞文弄墨的自由撰稿人到广东省青年产业工人作家协会的首批会员、报刊杂志的特约编辑；从过去月入几百元的“看门人”到现在月入四千多的“保安界精英”……在这个与时俱进的文明之城，我感受到了幸福之花正无处不在地在南粤大地四季飘香。

炎炎夏日，走过热浪袭人的宝岗大道十字路口时，我看到一个青年女性志愿者，正小心翼翼地搀扶着一个年迈、腿脚不太灵活的老者过马路，她的行为让人万分敬佩，倍感温馨！在这个幸福之城，像她这样付出不求回报的城市志愿者还有成千上万，她们无愧于“大拇指”的神圣称号，将“一起来更精彩”的深刻内涵演绎得淋漓尽致。夕阳西下，夜幕低垂，当我和同事走过绿树成荫、清风中夹杂着阵阵花香的珠江河边时，只见几名身穿保安服、骑着警用摩托车的保安正在治安巡逻，他们协助公安机关保一方平安，却从不抱怨工作太累、报酬太低、危险性太高，而是处处彰显正能量。在这个正气之城，像他们这种无私奉献、不言悔的普通保安不计其数，虽然他们收入微薄、社会地位相对较低，但他们却用生命和汗水捍卫着这一方水土的平安和谐，他们无愧于“蓝盾卫士”的殊荣。有一天清晨，我和工友晨跑，在绿树成荫的前进路街道两旁看到：一位年近四旬的女清洁工挥动着扫把，正无怨无悔地清理着街道两侧的垃圾。在这个洁净之城，像她这种早出晚归、任劳任怨的人数以万计，她们不挑三拣四、不嫌脏嫌累，用勤劳的双手和一丝不苟的责任心将这个城市打扮得光彩夺目，“城市美容师”的称号她们实至名归。傍晚去南华西一基建工地访友，只见同乡好友阿伟正站在高高的脚手架上粉刷外墙，从他湿漉漉的衣服和黑黝黝的皮肤上，从身旁这一幢幢富丽堂皇的高楼大厦上，我看到了一个建筑工人的艰辛与伟大，在这座钢筋水泥构筑的城堡里，正因为有千千万万像阿伟这样不辞辛劳，专为他人构家筑巢的建筑工人，我们才能坐拥广厦千万间，不惧任何风雨，勇立于改革开放的潮头，乐享太平盛世的幸福成果。因此在建设幸福广东的累累硕果里，我们同样不能忽视建筑工人的不朽功绩，他们如“拓荒牛”般的开拓精神激励着我们为幸福粤地奋斗终生，永不言悔。

幸福粤地无处不幸福。当我从志愿者、保安员、清洁工、建筑工人这些“小人物”的工作生活中捕捉到他们以“爱岗敬业，不计报酬，他人幸福就是自己幸福”为宗旨的闪光点时；当我作为一个外来民工，同本地居民一样尽情享受随处可见的公共设施时；当暂住证取消、居住证免费、外来工积分入户、评优评先等多项优惠政策将我们紧紧包围时；当十九大的明媚阳光将我们紧紧环绕时，我的这种幸福感越来越强烈。

你的平安是我的梦想

□ 张世强

平安，一个多么朴实而又深刻的词语。正如习近平总书记所说："勿忘昨天的苦难辉煌，无愧今天的使命担当，不负明天的伟大梦想。"梦在前方，路在脚下，我是一名普通基层辅警，一名年轻的中共党员，我告诉自己，每当工作累了的时候就抬头望望，万道霞光中白鸽飞翔，那里有我的共和国在上。

每个人都有自己的梦想，在不同的人生阶段，一个人的梦想也不尽相同，然而梦想，却无疑是大家一致的追求。在工作、生活、与人交往中，都可能生成或大或小的梦想，都是那样的平淡质朴，只要你用心去触摸、去聆听、去经营、去感悟，你会猛然发现，梦想其实很简单，它就在我们的身边。

何谓梦想？我想，芸芸众生、大千世界，可能有成千上万种理解，有成千上万个答案……党章中"坚持党和人民的利益高于一切，个人利益服从党和人民的利益，吃苦在前，享受在后，克己奉公，多做贡献"，是党对每名党员的教诲，也是每名基层辅警的誓言。而我，选择了人民辅助警察的职业，注定要忍受孤独。然而，我身边却有许多亲人，每当我走出城区中队到辖区村、组中，总会有人认出我，远远地向我招手，同我打招呼："你不是那个城区中队的小张吗？欢迎经常来我们家！"在这个大家庭里，我同样感受到温暖和爱意，也明白一个道理：赠人玫瑰，手有余香。当你向他们伸出双手时，也得到了一个温暖的怀抱。

那一刻，我时常在想，通过多年警营的培养，使我不断成长，就像从一株嫩芽长成一棵大树一般，根须向下，向泥土深处匍匐，枝桠努力地向外、向上伸展，我吸收着泥土的养料和雨露的滋润，让树枝更强壮、叶子更繁茂，我和另外一排树，肩并肩、手挽手，昂首地站着，这样，鸟儿可以在我肩上筑巢，躲避风雨；老人可以在我的树冠下乘凉；孩子也可以在我的树荫下玩耍。看到这些，我会很欣慰地摇摇树叶，沙沙沙沙，那是我悠扬的歌声、欢欣的笑语。你的平安就是我一生的幸福。

中华民族复兴路上，每一次继承都不能舍本逐末，每一次跳跃都不能脱离地心，每一回拼搏都不能丢弃初心。使命在肩，星辉作伴。强军途中，要修党性，坚定红色信仰；要思使命，恪守忠诚之志。挑起边关的那轮冷月，我们在信仰里成长，在坚守中逐梦。百姓铁锅里品一品冷暖，和谐春风中想一想当年！我们的生命在四季变换里轮回，我们的信仰在践行使命中腾飞。

我的梦想很实在，盼望家庭能多一些团聚、多一些快乐，盼望社会能多一份平安、多一份和谐。追逐梦想，就是在体会幸福。为了实现梦想，我需要奋斗和拼搏，更少不了奉献和坚守，因为，我从事的是一份光荣而特殊的职业。但是，在圆梦路上，我并不寂寞，因为有那么多的亲人相伴，那么多的战友同行！

写下这篇文章的时候，脑海里始终有个声音在一遍一遍地诵读艾明波先生的《人民警察赋》。作为一名基层人民辅助警察，读起来更是感慨良多，热血沸腾。那么，请允许我录全文至此，以一个壮丽奋进的结尾，与大家共勉加油。

国之利器，民之公仆。巍巍然长城矗立，浩浩然雄风飞舞。

战争年代诞生，和平时期成熟。施暗战惊心动魄，裹雷电穿云破雾。至解放，开创大业，肩扛国家安宁，坚守万民幸福。三分剑气，含一片琴心，八分柔肠，携一身侠骨。来自于百姓，吃杂粮五谷，思使命如泰山之重，视人民乃衣食父母。铸平安杜鹃啼血，爱民众乌鸦反哺。魂系苍生，情洒热土。迎险恶，排山倒海是盾；除罪孽，气吞万里如虎。舞旷世之雄风，擂豪迈之战鼓。即便舍出身家性命，亦要将人间邪恶铲除。罪犯闻风丧胆之尖刀，百姓遮挡寒霜之大树。刀光剑影中，勇敢喋血，平常岁月里，奔波忙碌。大恨大爱，如火如荼。慕洁身之莲，羡空谷之竹。展豪情、忍痛楚，灾难来临，义无返顾；克艰难、赴劳苦，浩荡铁军，英雄辈出。朗朗乾坤精心守护，赤心回报高天厚土。

鸣呼，问苍穹何者不朽？唯忠诚永不落幕！

老百姓的平安，便是我最大的梦想。

从缺衣少食到怕吃出病

□ 童其君

我几乎每餐都为一家四口煲不足0.5公斤的米饭，尽管如此，每餐都有一两碗剩饭。我们夫妻俩经常埋怨读七年级的女儿饭量不大，说她每餐不吃饭或吃很少的饭，这样会长不高长不大。其实，岂止女儿的饭量不大，我和妻子不也跟女儿一样每餐都吃很少的饭吗？妻子不止一次地说，不是我们不会吃，而是现在“油水足”，吃的应有尽有，不像改革开放前的艰难时期，“没有油水大吃饥饿大吃”。一席话，说得我连连点头称是，也常使我这个经历“艰难岁月”的60后对小时候吃都吃不饱，常常萝卜咸菜就是一顿饭的日子记忆犹新。

我的思绪不由得被拉回到了近40年前，我正读小学三年级，那时老爸在银行上班，每月工资20多元，为了革命工作，他“以银行为家”。子承父业，我此前在一家农村信用社工作27年。家里由老妈一人独撑，一年到头，老妈一手牵大一点的孩子，背上背小一点的孩子，争抢干生产队最繁重的体力活，以求挣得更多的工分。晚上累得骨头像散了架似的，回来还要悉心照顾我们几个不听话的孩子。付出总没有得到应有的收获，每年生产队年终结算总是超支二三百元，按当时的规定，超支是没有稻谷称的，待拆请超支款项后，才能分得口粮，那是一个怎样的蹉跎年月啊！我常疑问，这样的日子，何时才是尽头啊？

我每天放学回家的第一件事就是垫高脚尖揭锅盖！每钵饭都是米

饭与木薯干混合着的，煮的萝卜、茄子、青菜等根本看不到一点油星，有时鱼露捣饭就着吃，忘不了每次吃完了舌头还舔着钵沿的情景……母亲告诉我，大哥在1960年差点被饿死！猪肉也要一个月以上才能吃上一次，来了客人，对我们几个兄弟姐妹来说是再高兴不过的事了！因为这时老妈会倾尽所有摆出一两道平时难得一见的菜来：猪油渣炒青菜、蛋煮紫菜汤等，这不是我们家不热情，而是实在拿不出更好的东西来！不怕说出来被你们笑话，有一次，老爸的一位同事因喝酒夹了比较多的菜，我就在不远处盯着，揪心菜全部给他一扫而光……心想，等他们离席后，我们上席还能吃些什么呢？现在想来，那时自己破烂衣服下藏着的“小”心眼，简直不可思议。

穿着则是“新老大，旧老二，缝缝补补给老三”，要等到过年才能穿上新衣裳。春节，是孩子们最热切盼望的日子。我兄弟排行最小，就数我最惨——三个哥哥的衣服都“捡”来穿过。白天鞋舍不得穿——打赤脚，傍晚洗浴上床睡觉之前才穿上一会儿。

1981年落实生产责任制，这激荡人心的春风也吹进了我们家乡，像家乡大多数家庭一样，我家除用心耕耘责任田外，还大力发展种植业、养殖业，办厂开店跑运输营销，日子过得日渐红火。尤其是实施脱贫攻坚战以来，全省各级各部门强化责任落实，完善体制机制，加大工作力度，各项工作进展顺利，脱贫攻坚开局良好，家家户户基本衣食有余。“上联‘二三四五’，下联‘六七八九’，横批是‘南北’”，它表示缺衣少食、没有东西的时代一去不复返了！病从口入，如今反倒担心起“吃”出糖尿病、高血脂等病症来。

“今天是个好日子，心想的事儿都能成，明天是个好日子，打开了家门咱迎春风……”改革开放以来，祖国从积贫积弱走向繁荣富强，实现了中国人民从站起来到富起来、强起来的伟大飞跃。尤其党的十八大以来，以习近平同志为核心的党中央带领全国各族人民砥砺奋进，解决了许多长期想解决而没有解决的难题，办成了许多过去想办而没有办成的大事。我们比历史上任何时期都更接近中华民族伟大复兴的目标，比历史上任何时期都更有信心、有能力实现这个目标。

温馨了我的家，厉害了我的国。“我们讲着春天的故事改革开放富起来，继往开来的领路人带领我们走进新时代……”这个新时代，是承前启后、继往开来、在新的历史条件下继续夺取中国特色社会主义伟大胜利的时代，是决胜全面建成小康社会、进而全面建设社会主义现代化强国的时代，是全国各族人民团结奋斗、不断创造美好生活、逐步实现全体人民共同富裕的时代，是全体中华儿女勠力同心、奋力实现中华民族伟大复兴中国梦的时代，是我国日益走进世界舞台中央、不断为人类做出更大贡献的时代。我们要在继续推动发展的基础上，着力解决好发展不平衡不充分问题，大力提升发展质量和效益，更好地满足人民在经济、政治、文化、社会、生态等方面日益增长的需要，更好地推动人的全面发展、社会全面进步。这是多么激荡人心的前进号角啊！“一玉口中国，一瓦顶成家，家是最小国，国是千万家……”饮水思源，让我们感恩这伟大的时代，让我们祝福伟大的祖国！展望未来，让我们憧憬伟大复兴的盛景，憧憬幸福安康的生活！让我们更加紧密地团结在以习近平同志为核心的党中央周围，解放思想，实事求是，继往开来，不负重托，不辱使命，把中国的改革开放和现代化建设向前推进，夺取全面建成小康社会的胜利。

乡村幸福路

□ 程维平

这次回老家是开车回去的，父亲在电话里不止一次地告诉我，我家门口的那条路已经修成了宽阔平坦的水泥路，我既是欣喜又是激动。欣喜的是，老家终于有条像模像样的水泥路了；激动的是，乡亲们多年的梦想也随之实现了。

提起这条路，我仍然心有余悸。记忆中的路是一条土路，也就是说路面上没有任何东西装饰，就是一条光秃秃的泥土路。平时还好，但是到了下雨天，这条路就变成了烂泥路，被雨水浸透的泥土就会变成烂泥，人在上面行走变得非常艰难，更不用说自行车之类的交通工具了。这烂泥不仅会弄湿、弄脏鞋子，而且还会黏在鞋底，叫你走都走不动，几乎是寸步难行。

但是这条路是我回家的必经之路，无论有多艰难，我都得克服，因为我得回家啊！每一次遇到下雨天，大人小孩都会犯愁，母亲只好穿着靴子或者直接赤脚，背着送我到学校。三里地啊！到了学校母亲已是汗流浃背，放学之后还要来接我回家。

如果这条路是砖头路该多好啊！这是我们最初的梦想，也是最奢侈的梦想。后来，在乡政府的支持下，我家门前的路终于历经了一次华丽转身，铺成了一条砖头路，这可是我们梦寐以求的砖头路啊！这可乐坏了全村的父老乡亲，尤其是我们小孩子，更是手舞足蹈、开心不已。可是好景不长，由于长期的踩踏和挤压，砖头与砖头之间裂开了大缝，路面也变得坑坑洼洼。下雨天的时候，泥浆一不小心就会从缝隙里飞溅出来，弄脏衣服，所以，水泥路又成为我们远大的梦想，甚至是遥不可及的梦想……

“回老家喽，回老家喽！”儿子的叫唤声打断了我的思绪，我一下子回过神来，急急忙忙驾车，直往家的方向，我已经迫不及待地想一睹家乡水泥路的风采了。车子很快进入了我们村的区域范围，一条长长的水泥路跃入眼帘，真的不敢相信，这条路竟然就是我曾经“恨之入骨”的烂泥路，揉了揉本以为看花了的双眼，安定了激动不已的心，这条路的确是通往我家的路，我再熟悉不过了。

水泥路平坦适意、宽阔笔直，两旁绿树成荫，在一片金黄稻穗的映衬下，显得更加蔚然壮观，我不禁感叹今昔无法相比啊！我赶紧掏出手机，不停地拍照，然后发朋友圈，我要让所有在外工作的同龄小伙伴都知道，我们乡村也有水泥路了，我要把自己的快乐与他们一起分享。也许我发送的这组图片也会激活他们尘封的记忆，让他们想起久远的烂泥路，他们肯定会和我一样感叹不已：水泥路不再是镜中花、水中月，它已经活生生地出现在了我们面前！

我把车速减慢下来，缓缓地、小心翼翼地行驶在水泥路上，我真怕一不留神压坏了它，更怕它瞬间消失在我的眼前。毕竟，这条水泥路对我而言、对我们整个村庄而言真的是来之不易，我们理当百般呵护它。

到家了，到家了！车子一直开到我家门口，这是我从来没有想过的。说实话，能有条像样的路就非常不错了，把车子开到家门口，我是没想过，也没敢想过。父亲迎面走来，满脸笑容：“现在好了吧？水泥路都修到家门口了。”我也是颇为感慨，其实，我已经感慨老半天了。父亲看起来有点激动：“你知道吗？这条水泥路是公家造的，所有的费用都是上面拨的款，水泥路真是方便了我们啊，除了出行，购买农资、买卖粮食也都很方便，做生意的卡车都开到田头了。”我明白，父亲所说的“公家”和“上面”就是指国家，就是指我们伟大的祖国。

从心底里感恩党和国家，给我们老百姓带来实惠和便利，父亲触景生情，忍不住放声歌唱：“社会主义好……共产党好……”

在党和国家的指引和关爱下，尤其是党的十八大以来，城乡社会建设发生了翻天覆地的变化，国家的政策好，百姓的干劲就足，一条水泥路，在国家建设取得的巨大成就中可能是微不足道的，但是对于我们来说，或许是几代人追寻的梦想。可喜的是，这个梦想最终还是实现了，这条水泥路不是一条寻常的路，它是党的惠民政策的结晶，也是城乡建设进步的一个缩影，更是百姓通往未来的幸福之路。

我们整装待发，为更远的梦想、更大的成就时刻准备着，也祝愿我们的国家更加繁荣、更加辉煌。

装空调

□ 王加月

今年暑假的时候，书房里的空调坏了，我赶紧打电话给一个卖家用电器的朋友，让他来帮我看看，如果能修理就修，不行的话就直接换台新的。朋友很快将空调拆卸了下来，检查了两遍之后，他告诉我最好换台新空调，因为旧的即使修好也管不了一年，与其到那个时候遇上麻烦，还不如现在就换了。

我没有意见，但朋友说需要两天时间才能换好，还说现在是卖空调的高峰期，厂家发货的速度比平常要慢，我也没说什么，两天就两天，反正是装在书房的，也不影响我的日常生活。

当天下午，在小区里看到一个收购废品的小商贩，我问他旧空调要不要，小贩满脸堆笑，乐呵呵地说我问对人了，然后把他事先录制好的扩音喇叭打开："专收旧彩电、旧空调、旧电脑……"真没想到，以前收废品的是专收牙膏袋、塑料袋、坏鞋底之类的小物品，现在居然也与时俱进了。小贩非常风趣地说："我收废品快三十年了，从收购的旧东西来看，基本上见证了我们国家的发展历程，从牙膏袋到旧电脑，你说，这样的发展是不是像插上了翅膀？"我连连点头。

收废品的小贩说的话一点也不假，最近十多年来，尤其是十八大以来，中华大地呈现出一派生机勃勃的景象，各行各业都在飞速发展，人民的生活水平也在不断提高，物质需求更是与日剧增，这些都得益于党的惠民政策，是伟大的党赋予我们优越的条件，带领我们奔向小康生活。

旧空调卖掉了，可三天过去了新空调也没来，当我再次打电话给朋友时，他非常抱歉地说：“这两天接了一个大单子，一个乡下村庄一下子集体订购了十五台，我忙坏了，你的空调再给我两天时间。”既然是朋友，我还能说什么呢？反正书房的空调我也不急着用。

放下电话，我想到了还住在农村的父母亲，赶紧打电话给父亲，问他天这么热，没有空调怎么办？我得想办法给他们也装上空调，父亲在电话里爽朗地笑了，说空调的事已经解决了，我不相信，父母一向勤俭节约，不可能主动地安装空调，再说了，他们从未和我说起过空调的事，更没有提到钱的事。

我不放心，将信将疑地回了趟老家，让我大吃一惊的是，卖家电的朋友正带领着他的员工忙着为我的乡亲们装空调，原来这就是他所说的大业务啊！父亲见到我，乐呵呵地问我：“现在信了吧？多亏了共产党啊！”我不明白父亲的话，到底是怎么一回事呢？

父亲喋喋不休地说了一大通，我总算听明白了。原来，前几天村党委统一帮村民订购了一批空调，并且购置空调的钱，由村委出一部分、村民出一部分，村委的钱来源于今年村里的大棚蔬菜和果园的好收益。乡亲们兴高采烈，纷纷赞叹党和国家带给我们的实惠和生活的改善，他们说的一点也不错，农民种地不再缴纳农业税收，而且还有补贴。前两年，在政府的穿针引线下，两个外地客商投资的大棚蔬菜在我们村落成，同时，我们村自发创办的果园也应运而生。村民们种完自家的一点责任地之后，还可以到大棚、果园做点零活，这样一来，村民的经济来源不再是单纯依赖耕地了，农民富裕了，有钱了，生活水平也随之提高了。

感谢共产党！这是多么朴实的言语，更是大家发自内心的独白，看着乡亲们一张张灿烂的笑脸，我也感慨万千，伟大的党用她的惠民政策造福于黎民百姓。让百姓过上好日子，是党和国家的心愿，也是我们共同的心愿。既然今天党能给我们安装空调，明天说不定就会给我们盖新楼房，我想这样的美好明天不会太遥远。党的十九大胜利召开，将开启新的梦想征程，带着我们驶向更长远、更辉煌的幸福彼岸。

“老病号”的新生活

□吴　奎

“老张，现在能下地了？”

“没问题！咱现在腿脚利索多了。”

11月3日一大早，老张在庄稼地里与村干部打起招呼。他做梦都没想到自己还能下地干活。

老张叫张兴贵，今年67岁，是重庆市巫山县曲尺乡锁龙村6社贫困户，育有两个女儿。妻子过世早，小女儿远嫁广东，张兴贵与大女儿住在一起。

为减轻女儿的负担，张兴贵早出晚归打理庄稼地。虽然柑橘、脆李水果丰产，但因交通闭塞未能卖出好价钱。张兴贵累得骨头都快散架，心里急得像着了火一样。

三年前的一个晚上，张兴贵早早上床睡觉。大热天的，睡了好一阵仍感到肢体发凉。张兴贵以为是感冒，一直翻来覆去直到天亮。

张兴贵没把小疼小痛放在心上，仍在田地里勤耙苦耕。三个月后，张兴贵突然感到脚后跟像针刺一样疼痛难忍，就连伸腰、走路也感到吃力。在女儿的再三催促下，张兴贵在县医院检查出病状：骨质增生。听说要住院治疗，张兴贵把头摇得像拨浪鼓，拿了几盒止痛药便回到家里。

面对女儿的嗔怪，张兴贵解释说，骨质增生是富贵病，只要不使重力，多休息就没事。其实，他的脚后跟一天天红肿，疼痛一天天加剧，他默默忍受着，生怕治病增加女儿的负担。

就这样，张兴贵硬拖着病情，成了家里的“老病号”。因为自己的病情，女儿被“拴”在家里无法外出打工挣钱。在一段时间里，张兴贵觉得自己是家里的累赘，甚至有过轻生的念头。女儿觉察出端倪后，更不敢出门，整天守在家里照顾父亲。2016年夏天，在亲戚的动员下，张兴贵随同女儿到重庆市西南医院检查治疗。住院一周时间，除去新农合报销部分，仍花销近6000多元，张兴贵的病情有些许好转。看到一沓沓单据，想起女儿借钱的情景，张兴贵说啥也不愿再住院。拗不过的女儿只好顺从父亲回到家里。

回家没多久，张兴贵的病情复发。他在女儿面前装作若无其事，疼痛难忍时便撑着拐杖到门外，任由泪水冲刷面庞。

2017年初，帮扶干部获知张兴贵的病情后，向他宣讲县上的医疗扶贫救助政策。得知自己这种慢性病符合医疗救助时，张兴贵先是一愣，继而眼睛一亮，握着帮扶干部的手说：“咱这病有治了。”

5月8日，张兴贵在女儿的陪同下按照程序先到乡卫生院初查病情，然后到县中医院骨科治疗。像在市级医院一样，骨科医院采取物理疗法。一天过去了，张兴贵仍担心治疗费用，直到听说没交一分钱时，他才踏实地住在医院。一周后，张兴贵忍不住又向女儿问起治疗费用，得到的回答仍是免费。

一个月后，张兴贵经诊断可以回家康复治疗。出院时，主治医生特别嘱咐张兴贵回家康复训练的注意事项。回家路上，女儿告诉他，一个月的医疗费用了上万元。“咋这么多?”女儿一字一顿地告诉他：“全报销，免费的!”张兴贵这才松了一口气，露出久违的笑容。

10月29日下午，正在田埂上转悠的张兴贵接到一个陌生电话，电话那头自称是询问病情的医生。“现在好多了，谢谢你们!”接完电话，张兴贵有些拿不准，以为是诈骗电话。女儿说出实情："爸，您的病历已经建档，医院将定期进行回访，医生还可以上门服务……"听完女儿的讲述，张兴贵心里暖暖的，眼角噙满泪水。

争当新时代的“环保家庭”

□ 倪贤秀

党的十九大报告中指出，建设生态文明是中华民族永续发展的千年大计，必须树立和践行绿水青山就是金山银山的理念，构建政府为主导、企业为主体、社会组织和公众共同参与的环境治理体系。

十九大的生态文明建设精神非常重要，让我们普通百姓深受鼓舞，萌发了从我做起，从家庭做起，争当生态环保家庭，为建设生态文明、绿色中国做贡献的想法。

以前，我们全家看电视时，就被一则环保公益广告深深震撼了。平常司空“用”惯的塑料袋、方便碗筷铺天盖地，因上百年不能降解，造成严重污染。“白色污染”不得了，还有大手大脚用水用电，这种耗费资源的现象在我家也偶有出现。为了响应十九大的号召，实现家庭低碳经济、节能减排，享受绿色时尚生活，全家经过讨论和表决，制定了《绿色家庭生态环保规约》：买东西不用塑料袋，杜绝使用塑料方便碗及木筷，节能节水。我们还把家庭的环保规约在社区公告栏上贴了出来，请大家监督，我家愿意作为志愿者，将此作为一个生态文明创建活动积极推广。

妈妈找出了弃用多年的竹制菜篮和布袋，重塑我家“菜篮子”“米袋子”工程。现在每次买菜，妈妈都提着竹篮去菜市场。那些菜贩子，称完菜就习惯性地套上塑料袋，这时妈妈就不厌其烦地要求不用塑料袋。菜贩子十分不解，声明是免费使用，非常方便。于是妈妈就开始苦口婆心地向他们宣传十九大精神，宣传白色污染的坏处，搞得他们很诧异。但久而久之，菜贩子也都习惯了，凡是见我妈买菜，就自觉地不用塑料袋了。我们全家买食品，也自觉带上器皿装着或者索要纸袋，否则宁可不买。

家人有时在社区吃早餐，不过，现在人人备有一份餐具，不用摊点上的方便碗筷。虽然吃完后得自己清洗，但大家一致认为这样卫生、节约，最重要的是低碳环保。家中来客，我用自家准备的陶瓷“客杯”奉上香茗，待客吃饭也坚持用瓷碗、竹筷。七大姑、八大姨先是说这太麻烦，不如用方便碗筷，用完一扔了事。我们忙声明，并非全为了省钱，也不是喜欢自找“麻烦”，只是因为这样更环保一些呀！

自从定下规约之后，我们现在都注意从细节上保持低碳节能的习惯，再也不大手大脚了。走出房间，我们会随手关灯，不用电脑、电视时拔下插头。我们将家里老式旋转式水龙头全部换为节水龙头，把老式坐便器改换成节水型坐便器，可以大大节省用水。我家“改革”洗衣服的方式，采取集中洗涤衣物的方法，小件衣物就用手搓洗，衣服较多时才用洗衣机。洗前还将脏衣物浸泡一段时间，然后按衣物的种类、质地和重量设定水位，按脏污程度设定洗涤时间和漂洗次数，既省电又节水。我们还把洗衣服的水都储存起来，可以用来冲马桶。做饭时还注意用淘米水来洗菜、洗碗，洗完菜的淘米水也不倒掉，可用来浇花；我们用水时，特别注意水龙头要关紧，避免“跑冒滴漏”。洗拖把时，用桶接水来洗，比直接用水冲洗要节省不少水。家里洗餐具时，先用纸把餐具上的油污擦去，再用热水洗，最后用温水或冷水冲洗干净即可。家庭中，洗澡耗水最多，我们每个家庭成员都学会了合理掌握调节冷热水比例，不将喷头始终开着，更不敞开用水。淋浴时，全身淋湿即关喷头，用肥皂或沐浴液搓洗，再打开喷头一次性冲洗干净……

当然，除了家庭节水之外，对于社会上的资源浪费也不能等闲视之。现在我的家人养成了节水的好习惯，看见不环保低碳的事就觉得可惜，而且敢管爱管。比如，那天我们门前的水管破了，虽然不在室内，但哗哗响的水白白流走，浪费了资源能源，实在可惜。于是，我赶紧在第一时间拨打高新区自来水公司的电话，再三嘱咐工作人员来修理。自来水公司反应还比较快，第二天一大早就派来了工作人员，我们督促工作人员修理好了才安心。

总之，约法三章，家人均能自觉遵守，但也面临着严峻的“挑战和考验”。哥哥的小孩办“满月酒”，要在家摆三四桌酒席，碗筷盘盏用量很大，如果使用方便碗筷是真的很便利，况且不用似乎也不行，毕竟家里也没有那么多碗筷呀！此时，家庭紧急会议召开，大家经过激烈的争辩、讨论，最后还是决定依“法”办事，不让塑料碗、一次性木筷进我家门。最后，我们跑到社区邻居那里挨家挨户地借碗筷，最后还要洗完堆积如山的餐具，虽然辛苦，但也很欣慰。我家的环保事迹、文明行动由此深受社区公众的称赞，不少社区里的家庭还专程跑到我家来“取经”，我们当然毫无保留地传授了自己的经验。现在，社区环保乃至城市生态环保梦也在我家的带动下蔚然成风了。

党的十九大指引着我们走进新时代，在这样的时代，我们必须明确而深刻地认识到，绿水青山就是金山银山，建设生态文明，实现保护环境、绿色低碳的梦想，是中华民族永续发展的千年大计。新时代的环境治理体系，除了以政府为主导、企业为主体，也有赖于社会组织和公众的共同参与。因此，环保须从我做起，从小事做起，从家庭做起，从社区做起。我家生态环保规约，只能为绿色、环保、低碳略尽绵薄之力，但如果每个家庭都能如此，每个社区都能推广，那么力促环保低碳的成就将是惊人的，提升生态文明、建设绿色中国的目标就一定能实现！

富裕之路　圆梦中国

□ 许双福

前两天与一朋友到河南新乡看一项目，乘上高铁三个小时就到了，当时，我想到了伟人毛泽东的“天堑变通途”。

这两年我走了不少地方，如海南、宁夏等，走到哪里都是一派繁荣，一派热火朝天，宽敞的街道，明亮的橱窗，高速路，高铁动车，真正实现了“天堑变通途”。

经济代表着一个国家的实力。我妻子是2008年退休的，工资年年上涨，说句玩笑话，甚至还没等缓过神来，工资又涨了！这说明我们经济发展的速度是突飞猛进的，老百姓得到了发展所带来的实惠，带给人的是喜悦，是安逸的生活。

我的一位同事，老婆是农村人，前一段时间得了病，在乡里医院治好了。当我问他花费时，人家自豪地说道：“你们才报多少！我们要报80%。我们农村的老人虽然不像你们城里的老人，有工作的可以拿退休金，但是如今，我们农村的老人也有养老金，看病有保险。”看着他脸上洋溢的笑容，让人也倍感幸福和满足。

农村实行了医疗保险制度，解决了老人的养老问题，对于他们来说就是致富。为什么这样说？过去要是有个病，就有可能让人回到贫困线上，甚至导致一个家庭步履维艰，穷困潦倒。现在有了医疗保险，国家承担了大部分医疗费，自己所承担的只是小部分，这就减轻了很大一部分的经济负担，也给老人的儿女们减轻了生活压力。

美丽中国，幸福中国，实现中华民族的伟大复兴，是我们每个人的梦想。身为炎黄子孙，期盼中华民族的强大与繁荣兴旺，感受祖国的美丽，体会作为中国人的自豪。

这些点滴美丽、点滴幸福，就发生在我们的周围，发生在我们老百姓的生活之中。我年近八十岁的老母亲，在我父亲从部队转业到地方时，因她的工作无法安排而放弃了就业，成了名副其实的家庭妇女，在家相夫教子。随着时间的推移，母亲看着与自己相仿的人整日忙碌工作，她的心总有一种缺失，不是想挣这份工资，也并非父亲难以养活这个家，是内心难以言表的失落。

去年的一天，母亲打来电话，说是像她这样曾经有工作的人，可以根据历史资料，补办手续享受养老金。我到父亲的单位里了解情况，还真是这样，便查找资料，寻找证明人，将需要填写的表格递了上去。没过多长时间，父亲的单位就通知我去办理母亲领取养老金的银行卡。当母亲拿到第一个月的养老金时，脸上洋溢着幸福的笑容。其实，做儿子的我深知，母亲高兴的不是今后可以领到这一千多块钱的养老金了，也不是父亲的退休金不够他们用，而是国家对她过去工作的认可，是政府对老年人的关怀和体贴。用她的话讲："养老，有养老金了；看病，有医疗保险了，我得好好地活，高兴地活，幸福地活。"

低保制度使许多人不再为生存发愁，生活得以保障，对特困人群的救助让人看到了希望和未来。这些不断出台的惠民政策，需要坚实的经济基础做支撑，证明我们的经济在突飞猛进地发展，我们的国力日益强盛，繁荣之下，民众得到了实惠，感受到了幸福，体会到了温暖。

在我们的周围时不时地发生着变化，不经意间，就出现一个公园、一条宽敞的大道。闲暇时，人们漫步在空气新鲜、风景如画的公园里，享受这份恬静、安逸。

清晨和傍晚时分，人们在广场上扭动着腰姿，随着音乐节奏翩翩起舞，不仅锻炼了身体，也是在放飞愉悦的心情以及对生活的祝福、对美好未来的期许。作为旁观者，你也会被这种场面感染，浮想联翩，憧憬美好，展望未来，期盼新时代的美丽中国。

燃情新时代　梦想正前方

□ 邓海建

时代奔涌，历史激流。

当我们在北上广的故事里看城市旖旎，当我们在复兴号的列车上看乡村浩荡，你会由衷感慨，“油腻”和“佛系”大概只是10万+公众号的娇嗔，真正的中国人，无不奔走在历史纵轴与世界横轴的坐标之上。

就像《人民日报》里说的：“载人航天实验室中的科研达人，毅然回国创业的海归精英，奔波于大街小巷的快递小哥，心怀梦想的网络歌手……”正值芳华的中国青年，汇聚成正青春的中国力量。历史周期律的证伪，中等收入陷阱的破灭……在这五年的宏大叙事下，给了13亿多中国人更多的底气和信念。

三年前，我们小区楼下来了一对小夫妻。

两人租了个小店面，和气又勤奋地卖早点。这两年，北城发展势头迅猛，人口集聚更快，早点摊的生意一天比一天好。眼瞅着还两个人倒腾，半年后，就招了两个阿姨帮忙；又过了半年，还招了个厨师，早点也从包子馒头开始多了“花式”。这中间，城市地铁规划公布，个体工商户扶持政策出台……这些利好消息，叠加成普通人的生活福利。上个月，小两口关门歇业了几天，据说买了万科的精装房，回安徽老家接孩子去了。

一个家庭的变化，一个小区的变化，一个城市的变化……折射的是一个国家的进步，一个民族的变迁。

一切变化，其来有自。

我想起中央经济工作会议对中国五年经济发展的“总结陈词”：年均增长7.1%，成为世界经济增长的主要动力源和稳定器；经济结构重大变革，经济体制改革持续推进；“一带一路”、脱贫攻坚、基本公共服务均等化、生态文明建设……各有亮点，各有惊喜。如果用党的十九大报告的话说，这些震古烁今的变化，大概都是因为“站立在九百六十多万平方公里的广袤土地上，吸吮着五千多年中华民族漫长奋斗积累的文化养分，拥有十三亿多中国人民聚合的磅礴之力，我们走中国特色社会主义道路，具有无比广阔的时代舞台，具有无比深厚的历史底蕴，具有无比强大的前进定力”。

这份定力，澎湃源远。如河出潼关，“因有太华抵抗而水力益增其奔猛”；若风回三峡，“因有巫山为隔而风力益增其怒号”。

这是属于你我的新时代。地球是平的，世界是平的。12月12日，中国社会科学院社会学研究所社会心理学研究中心与社会科学文献出版社联合发布《社会心态蓝皮书：中国社会心态研究报告（2017）》。报告显示，中国00后主观幸福感最高，而社会“对下一代社会阶层预期乐观积极”。这里蕴含着两个基本逻辑：一是越来越多的中国年轻人懂得感恩这个时代，并珍视这种幸福与获得感；二是社会阶层流动不再固化，人人都有梦想成真的机会和自由。

这是属于中国的新时代。汉唐盛世，繁华如斯。衣袂飘飘，万国来朝。只是，历史属于过去，愿景在于未来。这五年，“中国解决了许多长期想解决而没有解决的难题，办成了许多过去想办而没有办成的大事”。一切破釜沉舟的壮举，一切壮士断腕的改革，为中国特色社会主义进入新时代寻找到了“新的历史方位”。党的十九大，推开新的篇章，从立柱架梁走向系统发力，从全面提升走向继往开来。于是，我们见证了中国智慧、看到了中国方案、听到了中国声音：从神舟九号到神舟十一号，从 APEC 到 G20 杭州峰会，从“一带一路”到亚投行……航母入列、沙场点兵，中国，站起来了，富起来了，强起来了！

凡是过往，皆为序章。

青山依旧，斜阳几度。世界的舞台上，闪电划过，惊雷炸响；宇宙的天空中，疾风烈火，碧血丹心。这是一个燃情的新时代，征程在路上，梦想正前方，大有作为的我们和大可作为的中国，必将在筑梦路上书写辽阔画卷。

启程“中国号” 扬帆新时代

□张 鹏

2017年的中国高铁成绩单令全球瞩目：比速度，2017年中国新增高铁运营里程约3000公里，一年开通的高铁长度就超过日本新干线的总和；拼耐力，自2008年中国首条高铁开通运营到2017年底，中国高铁累计运送旅客突破70亿人次。

十年前，中国高铁还是一个“不会跑”的孩子，人们不知道这个孩子究竟能走多远；十年后，中国高铁已经成为一张金闪闪的“国家名片”，人们见证着这列强壮的“中国号”不断续写的中国奇迹。

交通强国，铁路先行。随着十八个铁路局完成工商变更登记，铁路部门开始了公司化经营的新探索。供给侧结构性改革的深入，也为中国铁路发展注入了澎湃动力。从首条民营控股高铁项目的正式落地，到高铁引进互联网订餐、12306平台接入微信支付、常旅客会员服务推出……过去的2017年，中国铁路可以说在民生服务方面实实在在上了一个新台阶。论速度，中国高铁跑到了世界的前列；论服务，中国高铁跑进了老百姓的心中。的确，只有敞开胸怀、拥抱市场，才能获得更大的市场。

独立自主，再创奇迹。2017年，对中国高铁来说，是极不平凡的一年。“复兴号”的横空出世惊艳了世界，骄傲了国人，谁说中国高铁只能“引进+模仿”？运营时速350km/h的“复兴号”告诉世界同行：中国不仅有最好的路，还有最牛的车，从“大脑”到“心脏”，“纯中国血统”的“复兴号”证明了“中国创造”的威力。

精准扶贫，“慢车”同行。不论是“拆”出来的“小慢车”，还是几十年未涨价的“扶贫专列”，历史告诉我们，只有门前的路畅通了，幸福才会来敲门，生活才能有希望。中国仍存在不少贫穷落后地区，或许，运行到这里的每一列火车都是亏本的，但铁路部门却宁愿亏本也要运营下去，为的是什么？

也许生活在大城市中的我们，无法体会到山区民众对于一条出山之路的渴望，山区孩子对读书和走出去的向往。打通出山之路，便利出山之路，是中国铁路总公司作为国企对社会的责任，正是这简单的责任二字，让“扶贫列车”能一直造福山区民众，铁路部门宁愿亏钱，也不愿亏心。“扶贫专列”是撑起协调发展的钢铁脊梁，体现的更是中国铁路的担当。

开放包容，共享成果。十年来，中国高铁为国家的经济发展做出了巨大贡献，无限延伸的高铁网络加速了区域间的融合，带动了城市的协作，快速飞驰的高铁打通了人才交流的通道，注入了发展的动力。

当世界各国都在羡慕中国铁路为国家、为人民释放巨大红利之际，蒙内铁路通车了，中老铁路、雅万高铁、中泰铁路也都相继开工了，无论是正在海外铺设中的中国铁路，还是正带着外国民众享受中国速度的中国车，中国作为一个负责任且开放包容的大国，愿意主动将自己所有的成果与世界分享，帮助更多需要帮助的国家与民众，携手更多人走上这条由中国人铺设的光明之路、幸福之路，让中国成果成为世界成果。

“九层之台，起于累土。”新时代新气象，新气象新作为，属于每一个国人的中国梦，就在中华民族伟大复兴的前方。“复兴号”驰骋于新时代，也必将为人民美好的生活增添一抹亮色。

漫漫书香好时光

□ 谢思格

小时候上学，老师喜欢调查学生的职业选择，从而导入课程学习。有同学说想当一名人民教师，投身教育工作；有同学志愿成为一名警察，维护社会公共安全；有同学梦想成为科学家，探索神奇的科学奥秘，有同学希望成为艺术家，画画、音乐、舞蹈，开启一段文化之旅……那是年少童真的声音，也是我们内心对未来的无限憧憬！年少的我们唯一的执念是，好好读书，考上大学，找一份好工作，让家人过上幸福生活！

上大学，是农家小孩的美好愿景，自入学后便踏上了求学的征程。踏过连绵的书山，漫过无尽的书海，我们背着行囊，划动求知的扁舟，在知识的海洋里徜徉。中学时代的一篇课文中，王家新先生“小时候伏在窗口痴想山的那边是不是海”，海是梦想的彼岸，正如青年的我们渴求翻越大山，跨进那让生活更美好的城市。时光荏苒，渐渐地，我们迈上求学生涯的第十二级台阶，那是一段追逐梦想的时光，挥洒汗水、书写无悔青春的流年，一段为梦想奋不顾身的岁月。习近平总书记说：“青年一代有理想有担当，国家就有前途，民族就有希望。年轻一代要有历史机遇感、责任感、使命感，梦想从学习开始，好学上进，用中国梦激扬青春梦！”中国梦，我的梦，是我们高中书香时光里的深刻印记，定格在莘莘学子的内心。曾经，我们也对自己的未来迷茫，也曾在当下逡巡，实现中华民族伟大复兴的历史夙愿是否距离我们太遥远？实现伟大的中国梦，我们学生的力量依然十分微薄……转念思忖，志当存高远，中国梦正是由我们每一个小小个体的梦想构建的国家梦，我们希望国家富强，期盼民族振兴，向往人民幸福！或许我们的力量尚不足以向整个时代发出挑战，习近平总书记的谆谆教诲却时常荡涤我们的思想，净化我们的心灵，他说："以学益智，以学修身，梦想从学习开始，事业从实践起步。爱读书、勤读书、读好书、善读书，实现自我超越。"

金秋九月，我们带着欢声笑语，怀揣着对大学生活的憧憬，迈着轻快的步伐跨进大学的校园，踝躞在校道上，心情无比喜悦！开启新的学习与挑战的术学旅途。青春，是梦想憧憬的季节，是追梦启程的日子。党中央高度重视扶贫开发工作，并将"发展教育，脱贫一批作为五大精准扶贫精准脱贫的重要途径之一"，教育在精准扶贫与精准脱贫中，重点面向集中连片贫困县（市、区）和插花型贫困县（市、区）考生安排招生计划，省属高校贫困地区专项计划精准到贫困县，受惠于国家实施的农村贫困地区专项招生政策，我们广大学子拥有上理想大学的机会，我也是队伍的其中一员。自大学拉开序幕，我们更加珍惜韶华，脚踏实地，让勤奋学习成为青春飞扬的动力，让增长本领成为青春搏击的能量！

假日里，返乡时日，道路两旁装上了灯箱，宣传国家"全面做好精准扶贫、精准脱贫工作"，村委会宣传栏公示本区域精准扶贫工作建设情况；踏进家门时候，门墙上钉立着一个精准扶贫"建档立卡"的牌子……内心的一个声音告诉我，国家致力于带领民众共奔小康！

假日结伴读书的朋友回访母校，再漫步校园，追忆流年，回味记忆里的书香时光，再次走进我们的学堂，俨然是另一幅景象。伴随我们三年奋斗时光的高中，我们曾见证它一点一点迈向国家级示范性高中行列，修建地理园，增设生物园，翻修操场，铺设塑胶跑道，建立学生车辆放置点，建成体育馆，学校开设丰富多彩的第二课堂知识讲座，组建航模科技小组；初中校园今夕已非昨日，曾经体育课上跑步健身时飞土扬尘，而今铺设了崭新的塑胶跑道，旗台前方放置一尊孔子塑像，每个课室开始有了多媒体设备，改变了以往全程板书教学的方式；小学课室的木制桌椅已经更换成了崭新的桌椅，每个课室也安装了多媒体设备；小学、初中、高中也将在未来不断推进电子信息科学技术发展……时光匆匆，韶华光景。百年大计，教育为本！陪伴我们漫漫书香时光的学校正在发展、完善基础设施与配套建设，更加注重培育优秀人才。如今站在新时代的我们，更要努力拼搏，争当时代的弄潮儿。

如今作为新时代的大学生，应勇担历史使命，自觉地把个人的理想追求融入到国家和民族的事业中去，求职问道，进取跋涉，在大学培养自己高贵的品格和气质，养成大眼光、大境界、大胸襟、大志向，积极响应新时代的号召！人民的伟业寄予我们每一个人，我们应时刻铭记历史的重大使命，努力创造更多价值，珍惜学习好时光，在新时代奋斗光阴，勇做走在时代前列的奋进者。漫漫书香好时光，走一步再走一步，山的那边就是海！

我对基层工作的感悟

□彭　宇

我很荣幸通过考试成为了一名基层公务员。从过去我对基层工作的陌生、不在乎，到如今自己从事基层服务工作和对该项工作的熟悉与热爱，可以说，我对基层工作的认识有了巨大的变化。一个人有了调查实践，似乎就有点发言权。总的来说，我认为基层工作顺应了形势的发展，跟上了时代的步伐，普及了党的方针、路线、政策以及最新的法律条规，为群众做了大量的实事。

服务效率明显提高。不得不说一句公道话，以前的基层工作效率达不到群众的满意度，不尽是基层工作人员个人工作业务能力和服务态度造成的。比如说，窗口服务。以前的业务流程本来就比较繁多，要填写多种申请表格。速度怎么快得起来，效率怎么高得起来？工作人员实在是有心无力。现在不仅有了限时办结、所需资料一次告知清单、一窗式、一站式、联合办证等便利服务，而且还积极运行了“免填单服务”，推行了“同城同办”，开通了“网络申报”，建立了“业务咨询聊天室”“QQ 服务群”“微信圈”等利用计算机网络技术创新服务，基本实现了为群众提供更方便、快捷、周到的服务。

群众法律意识明显增强。法律法规是推广社会主流价值观的重要保证。要把法治观念落实到各个方面，有必要对广大人民群众进行法律法规宣传。这不但可以增强社会成员学法遵法用法的意识，还可以形成有利于培育和践行法治观念的良好环境。有鉴于此，基层党委、政府开展了一系列普法宣传活动。例如，开展“法律七进”等活动，通过对群众最关心的民生、计生、村建、国土、农业方面的法律法规的宣传和解答，机关的工作人员、村干部、村民、企业的服务人员进一步地提高了对税法知识的了解，同时加强了对法律法规的认识。

行政审批目录公开和审批项目减少。平心而论，若干年前是没有什么“一次告知”的行政审批目录，即使有也未对外公布。审批项目可谓不胜其烦：要找若干个领导签字，要找若干个部门盖章。任何一个行政审批，没有个三五天是难以办理完结的。现在不但公开了审批目录，而且做到取消不必要的审批项目，对于必要的保留审批项目，根据具体情况能下放的尽量下放审批权，只通过加大行政审批监督管理，来确保相关政策法规的落实。“最大限度便利群众”已不再是一句空话。

工作作风明显改变。不可否认，以前确实存在着一些行政机关的“门难进”，行政工作人员的“脸难看”，行政部门的“事难办”，行政部门的“人难找”的现象。自从践行党的群众路线、三严三实、两学一做和中省市区纪委加大纪律检查、监督力度以来，“四难”现象得到了明显整治。就我们基层工作人员来说，热情微笑服务明显加强，依法行政明显加强，公务时间观念明显加深。这堪称工作职能发生了重大转变，公仆意识从头脑转移到了实际行动上。

“四风”问题得到有效遏制。本着实事求是的原则来说，以前，铺张浪费、奢侈享乐，在许多行政机关普遍存在着。广大人民群众或多或少已经通过各种形式表达了他们的不满、愤慨和怨恨。自从中央八项规定、省市区纪委监察局的相应规定出台实施和各级组织“明察暗访”工作开展以来，“四风”问题得到了有效整改，艰苦奋斗、勤俭节约作风得到了实实在在的弘扬。基层工作人员的良好形象基本树立。

五年已经过去，党的十九大也已经胜利召开，并吹响了夺取新时代中国特色社会主义伟大胜利的前进号角。作为基层干部的我们，只有坚持不懈地投身于惠及广大人民群众的伟大事业中去，才能做出更多、更大的贡献。对党忠诚，为民服务，会一直考验着每一个基层工作人员，我们要时刻准备着。

响应新时代号召
续写新篇创未来

□ 陈玉宇

党的十九大胜利召开，作为一个基层党员，我备受鼓舞。习近平总书记振奋人心的讲话在人民大会堂一次次地回响，直抵人心。我全程聆听了十九大报告，感受颇深。我为生活在这样的新时代而感到骄傲，也要为中华民族伟大复兴而奋斗终生，和亿万人民一起创造幸福的未来。

习近平总书记在党的十九大报告中明确指出，“经过长期努力，中国特色社会主义进入了新时代，这是我国发展新的历史定位。在新时代，我国社会生产力水平总体上显著提高，社会生产能力在很多方面进入世界前列，已稳定解决了十几亿人的温饱问题，总体上实现小康”。这是一个了不起的巨大成就。

还记得八九年前，村里都是泥泞路。一下大雨，路就不能走了。一出门，鞋子和裤脚全是红泥浆。摩托车驶过去，溅起一大波泥浆。村里出入不方便，村民生活质量无法提高。近年来，按照国家“户户通”政策，村里的主干道都铺了水泥路，连通去市区的马路。现在，不少村民都买了小汽车，可以开进村里来，给村民带来极大的便利。水泥路也大大改善了村里的生活环境，一下雨就泥泞满村的现象一去不复返了。村里的小桥也修葺一新，危桥变成了坚固的石拱桥，瓦房和平房也变成了楼房，现在村旁也正在修高铁。党给人民带来的福祉是看得见的，一系列的惠民政策和英明的领导方针让人民过上了越来越好的生活。

“我们要牢记人民对美好生活的向往就是我们的奋斗目标，坚持以人民为中心的发展思想，努力抓好保障和改善民生各项工作，不断增强人民的获得感、幸福感、安全感。”习近平总书记在十九届中共中央政治局常委同中外记者见面时再次向世界作出了庄严承诺。在新时代，我们要担负起时代赋予的历史任务，为实现中华民族的伟大复兴献出自己的一份力量。当前，我国社会主要矛盾已经转化为人民日益增长的美好生活需要和不平衡不充分的发展之间的矛盾。未来一段时期内，我国要在继续推动发展的基础上，着力解决好发展不平衡不充分问题，满足人民日益增长的美好生活需要。这不仅仅是党和国家的奋斗目标，更是我们每一个党员的奋斗目标，是新时代赋予我们每一个党员的使命。

“不忘初心，牢记使命。”作为一名基层的党员，在日常生活中，要不断学习，提高自身的政治素养，正确把握党的最新理论成果的深刻内涵和精神实质，深刻理解党的最新理论成果的新思想、新观点和新论断，使自己在思想上与行动上时刻与党中央保持高度一致。更要顾全大局，树立远大理想，坚决拥护中国共产党的领导。在工作中，不断加强业务学习，提高服务意识，高效高质地完成上级和领导赋予的各项工作。牢记党的宗旨，加强党性修养，自觉抵制各种错误理论和思潮，提高自身的综合素质和拒腐防变的能力。

在新时代，我们正在书写中国发展崭新的一页。

在新时代，我们正在续写中国人民幸福美满的未来。

零售户也有春天

□解　红

光阴荏苒，白驹过隙。作为一名从事小商品零售业的商人来说，我家那间小店已经营有几十个年头了，不能说是“旱涝保收”，也算得上维持生活吧。这五年，我的小店守法经营、诚信经营，店面资金有所积累，店铺资产不断地增加，我也收获到成功的转型带来的可喜成果。

回顾砥砺奋进的2017年，颇有幸福感，收获也满满的。我们零售户也有春天！

随着科技不断地发展，网络普及，手机微信、社群等层出不穷，这些新事物不仅给我们的生活带来许多方便，还给像我们这样的零售户微商家带来无限的商机和获利空间。

我家小店虽然门面不大，但是物品齐全。自从在网上建立了微群，就好像跟微商一样，与线上和线下的朋友都能进行零距离的联系和沟通，小店的商品也都拍成照片及视频，像一个小型博览会，展示在空间，可供不同层次的顾客随意购买。毫无疑问，像我们这样的店面，既有实体又有网络的营销方式，在我身边并不罕见，还有很多很多。这都得益于当今共享经济给我们带来的大好契机。

网络虽然虚拟，但是也和现实生活一样，有一个很大的发展空间，提供我们可以展示自己的机会，我们要把好的东西推销出去，本着生意人信誉第一、诚实守信的原则，不过每个人的文化层次和欣赏水平、具体需求也有所不同，有时候，我们津津乐道地推荐自己的产品未必是好的，也不可能让所有人都喜爱并购买。

进入微信平台，本着先推销人品，再推销商品的原则，在尽享网络便利的同时，也要敬重这个平台，自觉遵守规则，尽量为他人留下好的印象。在重大节日来临之际，我也在网上通过微信互动平台购买了一些促销产品，同时也推出了自家的一些商品。母亲的手工艺术品得到很多人的青睐，近日销售火爆，网上网下订购一空。另外，我在网上常年销售我的字画，虽然我的画还很稚嫩，但是有人欣赏就是我的成功之道！

令我惊喜不已的是，接近第四季度之时，我利用经营所得的资金，通过互联网和微群互动盘下一个店铺，这个专门经营书报烟酒的店面，着实圆了我的读书梦。

这不禁使我感叹，互联网带来的微生活已经成为当下人民生活不可或缺的一部分了，我相信在不久的将来，还会更完善、更深入持久地介入和改变我们的生活状态和经营理念。就在我即将搁笔的同时，远在苏州工作两年的女儿给我传来了喜讯，她通过分期付款给我买了一套价值百万的两居室，以后我养老的地方也终于有了着落。

另外，招商引资上升到国家战略高度，《关于印发大数据发展行动纲要的通知》中指出：大数据产业已成为推动经济转型发展的新动力。作为经营多年的零售户，我深有体会，与其故步自封、墨守成规，还不如转型从头再来。商务部数据显示，今年有数千家典型零售企业销售额增速较上年大有增长。可喜可贺的是，如今在新的市场环境下，一如我们这些零售商店选择了转型，为自己赢得了生存空间。有些独具创意，有些充满情怀，有些更加细分……这类实体店不同于大型商超的标准化、大而全，可是它们带给消费者更多元的消费体验。

有创意才有市场！那么，我作为一名零售户，一定要应用大数据技术来管理好自己的店铺。最近，我在做“互联网+”连锁经营，虽然经营难度变大，但作为零售经营者一定要有耐心，面对这种新的经营模式，我认为能为消费者提供好的服务、满足其需要、有经营效益才是首选。“雄关漫道真如铁，而今迈步从头越。”不忘初心，砥砺前行……胜不骄，败不馁。

“到本世纪中叶，建成富强民主文明和谐的现代化国家，实现中华民族伟大复兴。”这是中国梦的宏伟目标。我愿跟随着时代历史发展的年轮奔跑着，每一次都提醒自己要站在新的起点上，精心勾勒心中的宏伟蓝图，并不断地进取，不断地开拓未来，去实现自己心中一个又一个美丽的梦想。

优秀奖

我的文化自信缘自广州北站

□刘 强

党的十九大报告中，我最有感触的有这么一段话："文化自信是一个国家、一个民族发展中更基本、更深沉、更持久的力量。"十九大提出的新时代的战略愿景，是以中华民族传承不断的历史文明为积淀，是以中华民族伟大复兴的中国梦为其旨归，有着极为深刻的中华文化底蕴，将大有作为。

作为广州市花都区一个普通的市民，我也有个属于自己的"中国梦"。这个梦想掺杂着对祖国文化的自信，缘自广州北站。

广州北站综合交通枢纽开发建设项目，是省、市、区各级政府十分重视的民生基础建设项目，旨在将广州北站打造成广州北部的门户枢纽。集高铁、城际、普铁、地铁等多种交通方式于一体，并且将与白云机场形成"空铁联运"一体化，这将进一步凸显花都交通区位优势，对提升花都区和广州市对粤西北、泛珠三角区域的影响力具有重要意义。从今年年初起，广州北站的改造拆迁正式全面拉开序幕！

我的家就在北站不远处，拆迁会不会拆到我家呢？会不会影响到我家的正常生活呢？带着这些疑问，我关注了"花都早晨"的微信公众号。却在不经意间，我看到一则关于"好家风"主题的征文启事，于是我尝试着写了一篇关于家庭国学传承的文章参加了此次征文大赛。没想到在600多篇应征稿件中脱颖而出，我竟获得了二等奖。

这件事给了我极大的振奋！多年来我对国学特别是中国古典诗词

的热爱还是有用武之地的，还能得到认可。从楚辞汉赋到唐诗宋词，从儒学经典到百家争鸣，一切都是那么可亲可敬。曹操的横槊赋诗、李白的桀骜不驯、杜甫的沉郁顿挫，还有苏东坡先生的坦荡豪放，“竹杖芒鞋轻胜马，谁怕？一蓑烟雨任平生。”于是，经常在夜深人静时，听着孩子们熟睡的鼾声，我还在孤灯下辍笔深耕，只为那未曾破灭的文学梦想。

经过半年的努力，我分别在全国及省市区的各类征文大赛中斩获了十多个奖项，有作品多次发表于《梅州日报》《花都日报》等报刊杂志。2017 年 10 月我光荣地加入了广州市青年作家协会，实现了平生心中隐隐的梦想，成为了一名小小的作家。

在自己追逐梦想的道路上，我希望把这份对国学的热爱努力地传染给我的家庭，特别是孩子。和孩子一起学习《论语》《中庸》《大学》等经典读本。在似懂非懂的字里行间，孩子逐渐对中国古典文学产生了浓厚兴趣。随着他年龄的增长，能由易到难的熟练背诵一些著名篇章，如《春江花月夜》《长恨歌》《琵琶行》等。也能从这些古典诗词中汲取智慧和营养，形成孩子自己对学习和生活的感悟，如“百川东到海，何时复西归”“黑发不知勤学早，白首方悔读书迟”成了孩子的座右铭，并像模像样地写下来贴在书桌前。

读万卷书，行万里路。今年中秋节，我带着还在读小学四年级的孩子来到湖南岳阳楼风景区，在景区门口分别熟练背诵范仲淹的《岳阳楼记》。当抑扬顿挫的童声“庆历四年春……先天下之忧而忧，后天下之乐而乐……”响起时，在场的工作人员以及游客无不为来自广州的我们拍手称赞。从而，我们双双获得了免费门票入园游览，真是兴奋不已，更加增进了我们学习中国传统文化的决心！

古典诗文已成为我家庭生活不可缺少的重要组成部分。胸藏文墨怀若谷，腹有诗书气自华！中国传统文化凝结着无数先贤们的智慧，为我们提供了生生不息的知识与力量，让我们明白“居处恭、执事敬、与人忠”的处世原则、“格物致知与齐家治国平天下”的自我完善、“淡泊以明志，宁静以致远”的那份泰然，以及“安得广厦千万间，大庇天下寒士俱欢颜”的忧患与担当。

现在，广州北站的升级改造正在如火如荼地进行着，云山大桥通车，广州地铁9号线也如期开通，2018年“广清城轨”将投入运营，广州北站将实现华丽转身。我经常从自家阳台望去并陷入深思，祖国的发展变化正在影响到我们普通的百姓，我为这里的日新月异而无比自豪！《礼记·中庸》中说“诚之者，择善而固执之者也”，知善而行，执善而为，中华文化有着“知行合一”的优良传统，这种传统有着极为深厚的文化基础。继承这传统，让我们从文化自信中激扬文化自觉，从文化自觉中落实文化担当，在学思践悟的过程中，建构对新时代中国特色社会主义事业的坚定信念，建构个体对中国梦的深刻认知与自觉实践，让“个体梦”融入家乡梦，让“家乡梦”汇入中国梦。

对于未来，我们充满信心！

用手中的笔书写中国故事

□ 陈安嗣

1992 年，迎着朝阳，带上希望，我们踏上开往广东的列车。列车驮着青年人的梦想，越过高山，穿过隧道，跨过河流，风雨兼程，赶在第二天黎明抵达梦想之地——广东。下车一看，仿佛到了另外一个世界，人来人往，脚跟挨着脚跟，脸上挂着兴奋、写满期待，不用问，都是寻梦之人。这就是传说中的“孔雀东南飞”吧！

初来广东，算是幸运，我开始做初中语文老师，接着又做管理工作。暗自庆幸的是，我来广东二十五年，始终有时间摆弄手中的笔，书写中国故事。不管风里来，还是雨里去，这个爱好，我一直没有放弃。

初来乍到，春寒料峭，冻杀年少。写作成了打发时间的最好方式。后来慢慢觉得，写作和阅读就是呼吸新鲜空气，吸收社会主义先进文化，不花一分一毫就能与名人名家交流对话。成天与智者为伍，相信自己迟早会变成智者。

当年的《南方日报》《广州日报》《东莞日报》是我们的最爱，每期必看。时事新闻、文化点评、招聘启事、文学副刊，不一而足，营养丰富，定位准确。

读多了，看多了，我就动手写作，希望自己的文字能够变成铅字，发表在报刊上，让更多人阅读，共同交流。写作，虽然能陶冶人的情操，但在当时，发表文章，犹如大海捞针，谈何容易！既然选择一支笔，选择讴歌时代，就不要放弃。话是这样说，但要坚持下来确实不容易。每当要放弃的时候，一个故事就会在脑海中浮现，叩击内心最深处。记得亚历山大大帝在远征波斯之前，把所有的财产分给了臣下。其中一个叫皮尔底加斯的大臣非常惊奇，问道："陛下，那你带什么起程呢？""希望，我只带这一种财宝。"亚历山大回答说。听到这个回答，皮尔底加斯说："那么请让我们也来分享它吧。"于是，他谢绝了分配给他的财产。是的，希望就是创造人生的路标，在任何时候都管用。

坚定文化自信，功到自然成。按理说一些失败者完全可以尝到胜利的喜悦，但是他们往往就差一步，差的那一步就是坚持坚定、耐住寂寞、带上希望。开始时，我给报社投稿，如石沉大海，投稿一次就失败一次。梦虽然破了，但希望还在，热情不减。小小的打击，没有吓倒我，我没有止步。记得当时，我去拜访广播电台记者，拜访大学中文教授，他们是写作高手，我也因此算得上师从名门。老师们说过，握在手中的笔，就是一把利剑，要抨击丑恶低级，要褒扬时代先锋、讴歌伟大时代。听其课，收获多，感慨多。刚开始时，我认真选择主题，有时候因为选择主题，要花去一周时间。把文章写好后，送给老师修改，我又反复朗读。终于，当年的我，在报刊上发表了文章。小小的进步，是不足为奇的，但却给了我莫大的鼓励和前进的力量。

一年又一年，春来春去，花开花落，我用手中的笔记录了一大批中国故事、时代先锋。我创作的《夸夸我的婆婆》《父亲的叮嘱》《小议目标》《扶贫》《生病》《大山嫂子》《坐在门口等你》《涨了学费》《差别》《我的大叔》《一张名片》，满满正能量，先后在《东莞日报》《茂名日报》《茂名晚报》《黔南报》《长沙晚报》《北方文学》《青年文学家》等报刊发表，一些文章被中国诗歌网、东北作家网、中国作家网刊发；先后获得“相约北京”全国文学艺术大赛一等奖、第三届中外诗歌散文邀请赛二等奖；获得2017年东莞企石千年“秋枫文化节”征文大赛“优秀指导老师奖”；获得东坑“三古文化”征文三等奖……

中国人当然要书写中国文化、中国故事。文化要通过笔来记录，文化最终要用人来书写。习近平总书记在党的十九大报告中指出：“文化是一个国家、一个民族的灵魂。文化兴国运兴，文化强民族强。没有高度的文化自信，没有文化的繁荣兴盛，就没有中华民族伟大复兴。要坚持中国特色社会主义文化发展道路，激发全民族文化创新创造活力，建设社会主义文化强国。”总书记高瞻远瞩地深刻阐明了文化和文化建设的重要地位和作用，指明了我国新时代社会主义文化发展繁荣的基本道路和根本遵循。

听完十九大报告，全国人民无比兴奋，斗志昂扬，进一步坚定文化自信。我们喜欢摆弄文字，喜欢书写中国故事，正逢其时。此时此刻，我们感到方向更明、思路更清、压力更大。讲好中国故事，是习近平总书记对宣传文化工作者的殷切嘱托，也是宣传文化工作的时代使命，更是每一位中国人的责任和义务，自觉自发。

有道是“铁肩担道义，妙手著文章”。我想，前半句说的是有担当、负责任，讲团结、顾大局；后半句说的是，要努力讲好“中国梦”故事，写出一手好文章。“铁肩担道义，妙手著文章”，是一句老话，但在当下，中国特色社会主义进入新时代，依然意义深远、重大。

乘风破浪潮头立，扬帆起航正当时。

我们要抓好手中的笔，讴歌党、讴歌祖国、讴歌人民、讴歌英雄，特别要把笔头对准群众，发现真善美。老百姓的生活是取之不尽的写作源泉，把笔墨对准那些生活在底层的普通人，关注他们所思、所想、所盼，报道他们乐观的生活态度、对未来的美好憧憬。把笔头深入到最基层，多关注孤老、残疾人等弱势群体，群众利益无小事。

我们要用手中的笔传承好传统文化。文化是一个国家、一个民族的灵魂。中华民族五千年的文明史孕育和造就了其独具特色的文化传统、多元一体的文化特质、不屈不挠的文化精神。优秀的传统文化承载着民族的历史记忆、凝结着民族的智慧、传承着民族的文化血脉，是文化复兴和强盛的重要资本。长征精神、大庆精神、延安精神、西柏坡精神、焦裕禄精神、两弹一星精神、抗洪精神等正能量精神，值得我们大写特写……

我们要用笔写好“践行社会主义核心价值观”的中国好故事。人民有信仰，国家有力量，民族有希望。在全面建成小康社会决胜阶段，中国好故事正需要、正当时、最重要。

红日初升，其道大光。迈入新时代，风起扬帆正当时，中国好故事层出不穷。在党的十九大精神指引下，我们要用手中的笔，写好每一个中国故事。

浅谈如何在岗位上践行十九大精神

□ 沈思玩

航向是鲜明的，道路需要实践来开辟。那么，在十九大精神的指导下，作为工作在生产一线的铁路职工来说，我们应该如何在平凡的本职岗位上践行十九大精神，为实现中国梦做出应有的贡献呢？我们不妨从报告中所提到的“四个新”（新时代、新思想、新矛盾、新目标）入手，结合实际情况，践行之。

（一）

新时代，我们要有担当。

“中国特色社会主义进入了新时代，这是我国发展新的历史方位。”新时代包括的内容非常丰富，其中的关键词是：中国特色社会主义、现代化强国、共同富裕、民族复兴、世界舞台。

五个关键词说出了五个方面的内容，即我们要走的是中国特色社会主义的道路；我们要建设现代化强国；我们要实现共同富裕；我们要达到民族复兴的目标；我们要在世界舞台上为人类做出更大的贡献。

从螺丝钉的角度来看，能在平凡的铁路岗位上把工作做好，就是在为践行这五个方面出力。作为个体，相对几百万铁路人集体来说，个人的能力有限，但这并不妨碍我们发挥作用，上班期间认认真真做好本职工作，本职之余可以钻研技术、攻关难题，可以讨论班建，提提建设意见，可以谈谈正能量的事儿活跃工作氛围……须知贡献也就是在这样的点点滴滴中做出来的。班前班后多关注铁路的发展，关心我们铁路自己的家事，好的继续发扬，不好的吸取教训并引以为戒，这样客观地前行我们会更加自信。只有在坚持走中国特色社会主义道路的前提下，才能够取得今日铁路的发展成果；道路的魅力不言而喻，岗位的重要性沉甸甸。

总之，新时代我们要有所担当。做好本职工作是应该的，也必须把本职工作做得更出色；而后，在岗位上多担些责任，多做些贡献，乘着国家发展的快车，尽可能发挥出工匠的光热。

（二）

新矛盾，我们要有新认识。

1981 年的十一届六中全会，提出社会主义初级阶段的主要矛盾是“人民日益增长的物质文化需要同落后的社会生产之间的矛盾”。

现在，“我国社会主要矛盾已经转化为人民日益增长的美好生活需要和不平衡不充分的发展之间的矛盾”。

从主要矛盾的转化中可以看出，我国已经发生了历史性改变。解决了温饱问题后，人们越来越关注吃更好、穿更好、行更好、住更好，同时在非物质方面（民主、法治、公平、正义、安全、环境等）也有了更高的要求，这是全方位的需求。然而，现在的发展是不平衡不充分的。

理解了这一主要矛盾的转化后，我们对从事的铁路工作应该有一个全新的认识。对美好生活的向往需要一定的基础作为支撑点，其中就包括了经济基础，而工作收入便是经济基础最直接的来源。就目前铁路工作的稳定性、效益性来说，是可以发挥这个基础作用的。但是，对美好生活的需求在日益增长，基础跟不上心理期望了，就会出现各种不满。纵观整个社会发展环境来说，是可以理解的。但是我们也需要反观自身，在工作岗位上是否与时俱进，跟上了铁路发展的新趋势；是否在工作岗位上充分发挥了作用，精益求精……如果能充分认识到人在工作岗位上可以充分地发展，充分发挥精益求精的精神，那么，工作效益的反馈将为我们在前往美好生活之路上加速。

（三）

新目标，我们要有新作为。

“在本世纪中叶建成富强民主文明和谐美丽的社会主义现代化强国。”在“富强民主文明和谐”之外，又增加了“美丽”，使我们的奋斗目标更加具体、更加深刻。

过去，我们走过了独立自主、艰苦创业的时代，走过了改革开放、快速发展的时代，今天，我们将扬帆起航，走向一个国家富强、民族复兴的新时代。

生在这样伟大的时代，我们是荣幸的。因为我们可以见证伟大时代的到来，可以参与伟大时代的建设，更可以享受伟大时代带来的福利。在新时代新目标的指引下，我们在平凡的工作岗位上应该有新作为：不断学习铁路新技术，运用于生产建设中；不断发挥工匠精神，精益求精地工作；不断关注铁路的前沿发展，贡献应有的智慧……

总之，把平凡的工作做得更好，就是在为国家建设做贡献。

新时代　新征程　新青年　新作为

□肖　幸

习近平总书记在十九大报告中勉励我们："青年兴则国家兴，青年强则国家强。……青年一代有理想、有本领、有担当，国家就有前途，民族就有希望。广大青年要坚定理想信念，志存高远，脚踏实地，勇做时代的弄潮儿，在实现中国梦的生动实践中放飞青春梦想，在为人民利益的不懈奋斗中书写人生华章！"我作为一名刚入党的年轻人闻此既感到振聋发聩、如沐春风，又觉得欢欣鼓舞、使命光荣。众所周知，十九大报告高屋建瓴、气势恢宏、催人奋进！将我们党对自身、对时代、对世界的认识提升到了一个全新的高度，实现了马克思主义认识论的重大历史性飞跃。十九大报告刚在新闻媒体公布，我就立即将全文打印出来，并且逐字逐句地研读多次。下面就我在学习十九大报告后的所思所想，谈谈自己的几点体会：

（一）

新时代要求新青年具有"胸怀大局、志存高远"的新认识。

古人云："知人者智，自知者明。"只有认识新时代，才能跨越新挑战、迎接新时代、顺应新时代。中国特色社会主义发展已进入了一个新时期，这意味着新的发展高潮已经到来。十九大报告明确了新时代赋予的新的历史使命，以习近平同志为核心的新一届党中央领导集体，为我们描绘了新的宏伟蓝图。同时，我们也清醒地认识到，当前，我们的各项改革已进入深水区，攻坚难度越来越大。比如：全面建成小康社会任务艰巨，精准扶贫工作依然繁重，经济和社会发展不平衡不充分，社会矛盾和问题交织叠加，民生领域短板较多，各种文化思潮不断涌入，意识形态领域复杂多变等。对此，我们必须时刻保持清醒的头脑，勇于正视、善于解决存在的问题。面对新形势、新常态、新要求，为了顺利实现“两个一百年”的奋斗目标，习近平总书记在十九大报告中首次提出：“中国特色社会主义进入新时代，我国社会主要矛盾已经转化为人民日益增长的美好生活需要和不平衡不充分的发展之间的矛盾。”中国特色社会主义进入新时代，这是我国发展新的历史方位，在中华人民共和国发展史上、中华民族发展史上具有深远的历史意义和重大的现实意义，也将在世界社会主义发展史上、人类社会发展史上留下浓墨重彩的光辉篇章！

对于这一重大历史判断，我们作为新时代的年青一代一定要有“胸怀大局、志存高远”的全新认识，一定要时刻保持清醒的政治头脑，紧盯前方的政治方向和奋斗目标，进一步锐意进取、埋头苦干，力争在完成“两个一百年”历史任务的伟大实践中，用我们的青春和活力贡献自己的智慧和力量！

（二）

新征程要求新青年具有“坚守信仰、坚持自信”的执着精神。

人们常说：“内化于心，外化于行。”一旦一个人发出的誓言触动了内心，那么，他就一定会从内心坚守自己的誓言。习近平总书记在十九大报告中指出：“九十六年来，为了实现中华民族伟大复兴的历史使命……我们党都初心不改、矢志不渝，团结带领人民历经千难万险，付出巨大牺牲，敢于面对曲折，勇于修正错误，攻克了一个又一个看似不可攻克的难关，创造了一个又一个彪炳史册的人间奇迹。”这就是我们党带领全国各族人民一同在奔向“两个一百年”奋斗目标的新征程上，同心同德谋发展，携手圆梦创辉煌的历史见证！

“九十余载风雨兼程，二十世纪硕果累累。”中国共产党带领全国各族人民从“站起来”“富起来”到“强起来”的筚路蓝缕中走来。如今，我们的国家越来越富强、民族越来越兴旺、人民越来越幸福！我们之所以能够取得这些伟大成就，其中最重要的一条就是共产党人始终坚守马克思主义信仰，坚定共产主义远大理想，坚持道路自信、理论自信、制度自信、文化自信。

今天，我们身处于新时代新的历史征程上。我认为，作为共产党人，对信仰使命、理想信念、立场宗旨、情怀胸襟的重视程度，比以往任何一个时期都有过之而无不及。因为伟大的事业、巨大的成就，从来就不是一蹴而就、一帆风顺的。我们越是面对复杂的局面、艰巨的任务，就越要坚定自己的理想、信念，只有时刻保持“坚守信仰、坚持自信”的执着精神，才能做到不畏艰难显身手，心有信仰除万难！

（三）

新作为要求新青年具有“脚踏实地、抓铁有痕”的新定力。

事之至难，莫若如人；惟其笃行，方显珍贵。习近平总书记曾指出：“如果不沉下心来抓落实，再好的目标、再好的蓝图，也只是镜中花、水中月。”由此可见，坚定的理想信念，倘若不能采取务实的行动，积极地作为，一切便只是空谈。我认为，当前对十九大精神的贯彻落实绝不能只是停留在囫囵吞枣、装点门面上，只有真正地把十九大报告逐字逐句学懂、弄通、做实，才能在各自的工作岗位上把十九大精神落地生根、开花结果。

面对新形势、新常态、新任务，要及时把学习好、传达好、贯彻好十九大精神作为我区（惠城区）当前和今后一段时期的重要政治任务抓紧抓好。同时，要突出抓好我区正实施“两强一提”（即：强思想、强队伍、提效率）工程，努力把全区广大党员干部的战斗力、执行力、凝聚力提升到一个新的高度。我作为一名刚从事法制工作的年轻党员，更应该对十九大报告“先学一步、学深一点、学透一些”，尤其是要把十九大报告中有关依法行政、依法治国的具体要求与日常工作结合起来，用“脚踏实地、抓铁有痕”的工作作风，逐项落实到位。

（四）

新蓝图要求新青年具有“沉潜刚克、厚积薄发”的新形象。

十九大报告明确提出：“我们既要全面建成小康社会、实现第一个百年奋斗目标，又要乘势而上开启全面建设社会主义现代化国家新征程，向第二个百年奋斗目标进军。”这是我们党描绘的新蓝图，也是向全党和全国各族人民做出的郑重承诺。同时，也是摆在13亿多中国人面前的一份考卷。我在听完习近平总书记所作的三个多小时报告后，第一时间通过网络搜集了十九大的有关资料，几天内整理了多达27页的学习笔记，并认真加以研读报告全文。十九大报告使我心潮澎湃、感慨万千……我是今年5月经批准成为一名预备党员的，作为一名新党员，就能遇到党的十九大召开，这是我人生之大幸。当前，我将把如何学懂、弄通、做实十九大精神作为最重要的政治任务抓紧、抓好，并结合自身从事法制工作的实际，力争为法制部门当好党委、政府的法律参谋，为政府做好依法行政工作，以及为加快全面建成法治政府建设做出自己新的、更大的贡献！

上个月，我代表惠城区直属机关党委在参加区纪委、监察局和妇联联合举办的“惠城区喜迎十九大——‘家风淳·政风清’好家书（家训）诵读比赛”中，以自己撰写的《治家以诚》演讲稿，获得优秀文稿奖。在参赛过程中，我深深地感到，作为一个刚刚参加工作不久的年轻人，在做好日常工作的同时，如何发挥好家国情怀，这也是摆在我们新一代年轻人面前迫在眉睫的考题之一。

我是20世纪90年代初出生的，我为自己能生长在这样一个伟大的新时代而感到荣幸、自豪！这是一个比历史上任何时期都更接近中华民族伟大复兴的时代；也是中国共产党带领全国人民共同奋斗创造更大辉煌的时代。借此机会，我愿与青年朋友和广大读者分享一首热血迸涌、激情高昂的歌曲——《留给明天的答卷》，其中唱道："没有再多的时间，谁都知道这条路艰险，总有人挑起这重担，无悔无怨，勇往直前，长夜孤悬月，缺了又圆，一定能等到那天！不后悔，向前！期盼美好的明天，重复这最初的誓言，永远为信仰而战，这就是我要留给明天的答卷……"

让我们年轻一代无愧于新时代赋予的新使命，无愧于新时代的新希望，坚定信念，奋发有为，一往无前、坚定不移地朝着新时代砥砺奋进！

喜事临门

□ 崔炳信

“三姐家的儿子要结婚了。”当儿子志远把这一消息告诉我们时，我和妻子一时都回不过神儿来。

往事不堪回首！妻子有三个哥哥，三个姐姐。正值上世纪60年代的困难时期，填不饱肚子啊，万般无奈之下，刚出生几天的三女儿被“送”给了姨妈。时光在艰难中流淌，我们结婚后，妻子领我去了一次三姐家，一个闭塞的小山村，低矮的茅草屋，零乱肮脏的街道，三姐家里更是家徒四壁，给我们倒水时连个干净的杯子都找不到。后来，岳父生病了，儿女们凑钱住院，轮流陪护，三姐竟然没露一次面。在岳父的葬礼上，三姐却来了，在众人的白眼和质疑下，灵前叩一个响头，挥泪而去。再后来，据说三姐全家去东北讨生计了，于是自此断了音讯，也断了那种若有若无的亲情。

几年前三姐从异乡归来，如今家里竟然要娶儿媳妇了。数十年的恩怨也该放下了，何况那一幕幕的辛酸往事，都是“贫穷”惹的祸啊！听说三姐年前刚做了一次大手术，想必花了不少钱，紧接着又操办婚事，负担重啊。我们便商定多出一点钱，帮她一把。

当我们一大家子十几个人的贺喜队伍乘坐三辆车到达目的地时，都愣住了，这是记忆中的小山村么？一条条宽阔平坦的水泥路，一排排农家小院错落有致，一座座小洋楼拔地而起。村头，三姐已在等我们了。

岁月的沧桑似乎并没有给三姐留下太多的印记，她满面红光，亲热地拉着孩子们的手，看看这个，问问那个，说话间已到了家门前，姐夫热情地迎上前。漂亮的楼房，青石铺成的地面，院里花菜相间，充满了勃勃生机。抢先步入婚房，大理石地面一尘不染，都让人不忍下脚呢。室内考究的名牌家具、名牌家电一应俱全，显眼处，新人的婚纱照惹人注目，旁边是一副偌大的十字绣“幸福花开”，美不胜收……当我们说出帮助她的想法时，三姐连连摆手，“我生病是花了几万块钱，但咱有新农合呀，报销之后才花了一万元。再说了，今非昔比，有了党的惠民政策，想不过好都难啊!”

“书记在家吗?”一个小伙子站在门口问道。三姐说：“吃过早饭就出去了，没回呢。”

书记? 看着丈二和尚般摸不着头脑的我，三姐也有些诧异：“怎么，志远没跟你讲吗?”我如坠五里雾中，使劲地摇着头，“这小子总是遮遮掩掩的。”看着我的窘样儿，三姐笑得腰都直不起来了。

原来，三姐的儿媳竟是这里的大学生村官儿。儿媳很能干，先是带领群众种下了漫山遍野的新品核桃，又因地制宜地建起中草药基地，建成了百亩优质樱桃园并发展深加工，短短几年就让破败的小山村旧貌换新颜。“还有你最喜欢听的呢”，三姐凑近妻子耳边，更加神秘地说，“因为工作关系，这帮小年轻熟着呢。前不久儿媳还给志远当红娘，姑娘是这里的技术员，长得水灵着呢……”

说话间，几张青春的笑脸从天而降——三姐的儿子儿媳在前，后面志远牵着女孩的手正窃窃私语呢！我突然间感到有些眩晕，几个字在心头雀跃——幸福就像花儿一样……

在不断学习中走稳、做实“精准扶贫”

□ 余明辉

习近平总书记在十九大报告中指出，要增强学习本领，在全党营造善于学习、勇于实践的浓厚氛围，建设马克思主义学习型政党，推动建设学习大国。作为一名共产党员和驻村第一书记，以及奋斗在基层一线的“精准扶贫”人员，我深刻体会到了学习，以及学中干、干中学的重要现实意义和巨大作用。

学习坚定“精准扶贫”信念。实事求是地说，一开始，我对精准扶贫的认识是不够充分的，对下村扶贫也是有一点想法的。一方面，总认为人分左中右，市场经济条件下到任何时候、任何地方都不可能没有穷人，没有必要为此专一扶贫；另一方面，可怜之人必有可恨之处。农村贫困人口中，除了一部分确实是由于疾病、自然灾害等导致贫困值得同情和帮扶外，还有一部分人是由于自身懒惰、思想顽固等致贫，不值得同情。

但通过学党章、学党和国家领导人关于扶贫的讲话等，以及随着“两学一做”学习教育深入开展，我能够较好地站在补齐我国建设小康社会短板、社会主义本质特性和要求的高度上认识到“精准扶贫”的重要现实意义和必要性，进一步强化坚定参与、积极推进“精准扶贫”的理想信念。

学习克服“精准扶贫”难题。深入到农村一线，长期吃住在村搞扶贫，自身没有一点困难和思想顾虑是瞎话。比如孩子上学照顾不到怎么办、父母等老人身体不好无法照顾怎么办、长期不在家家庭和睦如何平衡、单位关系如何稳定等。但通过“两学一做”学习、其他先进扶贫典型人物学习等，我深刻认识到扶贫的神圣之所在，个人的一些困难与之相比起来也就不算什么，想尽办法使得这些问题得到不断妥善处理，以便以更大的精力投入到“精准扶贫”工作中。

学习增长“精准扶贫”能力。精准扶贫，光有信念、激情和热度，显然是不够的。入村扶贫初期，面对所在村要山没山、要水没水、要资源没资源，土地和劳动力也很不足，扶贫几无抓手的窘境，我确实也迷茫过一阵儿，深深感受到了带领群众脱贫致富的无力感，也感受到了自己能力的不足。但转念一想，既然组织把我派下来，也就说明这里的致富困难不是一般的大，如果轻易就能致富，群众不早就致富了，还要我来干啥？况且其他很多地方也许比自己这里更困难。

于是，我就通过向报纸、网络、书本等不断和深刻地学习，以及向镇村干部，尤其是所在村干部、群众的请教、讨论和学习，了解了实情，增长了见识，开阔了思路，学深吃透了国家自上而下扶贫政策精神，慎重总结提炼出了当地致富优势，发现挖掘出了致富典型，进而有效结合所在村和贫困人口分布实际，优选组合当地致富路径，计划或正在实施，通过争取国家资金易地搬迁脱贫一批；动员全部贫困户加入地方扶贫专业合作社增收脱贫一批；动员有技术有意愿有劳动力人员省内外、县内外打工脱贫一批；通过把扶贫企业、车间引进建在村内，通过家门口打工再脱贫一批……

学习，学习，再学习，不但使我增长了知识、开阔了眼界、提升了素质，更重要的是为我在“精准扶贫”工作中提供了源源不断的精神动力和行动智慧支持。在接下来的扶贫工作中，我会乘着新时代的东风，继续紧紧握住学习这个“武器”，不断克服自我在工作生活、精准扶贫等过程中存在的本领不足、恐慌等问题，切实带领所在村全体村民脱贫致富奔小康，不在我国小康社会和现代化建设的路上掉队，为地方、国家的“精准扶贫”战略做出个人应有的积极贡献，以真实有效的成绩回报党和政府对我的期待和要求。

买菜记

□ 赵建华

从今年5月起，在太原市的各大菜场、超市里，多出了四种价廉物美的“一元菜”，天天有货，足量供应。每周逛超市时，“一元菜”旁总是聚满了挑菜的人群，跟一群与我年龄相仿的老大哥、老大姐一起挑选“一元菜”，成了我生活中的一大乐事。

琳琅满目的菜品、经济实惠的菜价，以及喜逐颜开的“菜民”，让我不禁想起了二十多年前，在“菜篮子工程”尚未铺开的上世纪80年代，以及更早的岁月里，买菜带给我的种种难以磨灭的记忆……

上世纪70年代，没有个体经济，没有自由市场，卖菜还属于国营蔬菜店、菜市场的“专利”。那时，卖菜的售货员都练就了一身“看人下菜”的本领，看见熟人或用得着的人，态度是一个样，看见生人和小孩儿，态度又是一个样。那时，新鲜蔬菜很少，一年中除了夏天，基本上都是“白菜、土豆、萝卜”老三样，就是这些今天看来再平凡不过的蔬菜，当年都不能保证足量供应。偶有新鲜蔬菜供应，那摊位前排起的长队，足以和今天的春运购票相较量。记得有一次，附近的国营蔬菜店星期天上午要供应西红柿的通知一出，消息就像长了腿一样，迅速传遍了整条街巷，街坊邻居们纷纷起个大早，在蔬菜店门前排起长队。我早上五点半就起床，拿起菜篮子直奔菜市场，却还是排在了队尾。在焦急的等待过程中，刚开始邻居们买的西红柿，还有点颜色和形状，到了后面，就只剩下些又小又青的西红柿了，等排到我前面只剩三四个人时，商店却径直挂出一块“菜已售完”的小黑板就打烊了，任凭我们几个人磨破嘴皮、再三争取，却仍旧没买到一个西红柿。从那时起，对买菜这件事，我算是“怕了”。

时间进入上世纪80年代，随着个体经济的放开，自由市场的出现，除了国营商店，人们又多出了一种选择。尤其是1988年“菜篮子工程”广为实施后，买菜更是越来越不成问题——蔬菜比过去好买了，买菜再也不用看人脸色了，价格也降下来了。这项工作刚推广时，人们纷纷喜不自胜地奔走相告：“省长抓‘米袋子’，市长管‘菜篮子’，困扰了咱老百姓多少年的吃饭问题，终于到了解决的时候了！”事实证明，人们的判断一点没错。二十多年来，尽管国际上风云变幻，国家也经历了各种考验，但老百姓的米袋子始终没有瘪，而且越来越鼓。菜篮子更是像个百花园一样，从单一色调到五彩缤纷，越来越千姿百态、丰富多彩。现在，我和我的家人、朋友不仅能够吃到应季菜，还能吃四季菜、大棚菜，原先见都没见过的南方菜，像生菜、茼蒿、油麦菜等，都走进了老百姓的“菜篮子”。现在的餐桌，和二三十年前比，真是一个天上，一个地下。针对近几年菜价偏高的问题，太原市政府一直在出主意、想办法，采取了诸如降低流通环节成本、“农超对接”、鼓励老百姓阳台种菜等一系列行之有效的解决方案。如今推出的“一元菜”，不仅为老百姓提供了更多的选择，而且有效地降低了市场上的菜价，让老百姓得到了更多的实惠。有这样为民谋利的好政府，我相信我们老百姓的菜篮子里，还会出现更多惊喜！

新时代为最好的自己打 call

□ 赵连卿

党的十九大报告明确提出，经过长期努力，中国特色社会主义进入了新时代，这是我国发展新的历史方位。

新时代，描绘新前景，开启新征程，期待新作为。作为处在新时代的你我他，如何在新时代发展中更好地实现人生价值，如何为新时代发展奉献出自己的绵薄之力，需要每个人认真思考。在我看来，新时代只有做最好的自己，不断为最好的自己打 call，才能不辜负这个时代的责任和使命，才能不辜负这个时代对年轻人的期待和期盼，未来我们才不会为自己碌碌无为的人生感到遗憾乃至愧疚。

新时代做最好的自己，需要将学习进行到底，思想是行动的指南。新时代，需要将学习党的十九大精神和习近平新时代中国特色社会主义思想作为一项长期的政治任务，要在原原本本学习原文的基础上下功夫，要在学懂、读透、会用上下功夫，进一步坚定理想信念，增强“五个意识”，让自己的一言一行、一举一动都始终与以习近平同志为核心的党中央保持高度一致，才能不至于在新时代伟大历史征程中迷失方向，从而始终保持高昂向上的姿态，奋发有为的意志，不断前行、不断进步。

新时代做最好的自己，需要将奋斗进行到底。新时代，我国社会的主要矛盾已经转变为人民日益增长的美好生活需要和不平衡不充分的发展之间的矛盾。事实上，人们也早已从相对丰富的社会物质文化生活中切身感受到强烈的获得感和自豪感，于是有些人产生了歇一歇、好好享受生活的想法，其实这样的想法是非常错误的。这不仅在于我国仍然是发展中国家，还在于我国仍有几千万贫困人口尚未脱贫，国情民情都容不得我们停下来看风景，“幸福是奋斗出来的”，新时代也呼唤我们必须以时不我待的精神状态，继续发扬苦干加巧干的奋斗精神，为实现国家富强、人民富裕的目标不断奋斗不断努力。对个人来说，就要立足本职工作，兢兢业业、踏踏实实，撸起袖子加油干，在平凡的岗位上为不平凡的新时代鼓与呼，书写属于自己的新时代篇章。

新时代做最好的自己，需要将奉献进行到底。作为社会的一分子，实现自己的人生价值，需要将个人融入到社会发展洪流之中，自觉树立我为人人、人人为我的强烈的社会责任感，在积极服务、奉献社会中修身养性，不断磨砺自我、提升自我。事实上，只有先天下之忧而忧，后天下之乐而乐，善于担当、敢于奉献、勇于创新，才能在新时代发展中留下属于自己的精彩，才能尽享人生出彩的时代机遇，一个日臻完美的你我才会脱颖而出。

新时代，需要每个人都要做最好的自己，为新时代贡献每个人的精彩人生。让我们为新时代最好的自己打 call，在全社会形成最大最强的合力，为新时代发展贡献力量。

十九大的春风似“剪刀”

□ 黄阔登

有句耳熟能详的古诗：“不知细叶谁裁出？二月春风似剪刀。”在我看来，十九大的春风，亦似剪刀。

我生于乡间，成长、成熟于军营。乡愁与军旅情，深驻我心。乡村与军队，它们在时代浪潮中的前程与旧梦中，丝丝牵我心，缕缕动我情。

农村稳则天下安，农业兴则基础牢，农民富则国家盛。习近平总书记在十九大报告中，就“三农”工作提出很多新概念、新表述，并首次提出实施乡村振兴战略。

乡野、乡情、乡韵，由古至今，是深蕴人们心中不变的美好意象。因为它代表着田园风光、纯朴美好、安逸宁静。而在时代发展的变迁中，这种美好渐渐被垃圾围村、污水遍地的现象所摧毁，“空心”之痛、“脏乱差”亦一度是农村形象的代名词。“凋敝的乡村”“回不去的故乡”“乡野落寞的背影”，农村颓废而迷茫的面目，撕裂了几多乡愁，揉碎了多少归心。

“让美好乡村早日归来！”人们抱定信心，深切呼唤着，撸起袖子，砥砺前行，不负光阴，不负未来。

十九大的春风，“剪”出乡村更美的新模样儿。祖国各地，建设新村新景新生活的大幕已然拉开。看吧，一个个宜居、宜业、宜游的美丽新农村，正款款向我们“走来”。

春风吹来，“灰头土脸”的旧乡村形象，被吹入往事，送进历史。从污水横溢到清流汩汩，从繁芜丛杂到鸟语花香，从破墙漏瓦到漂亮楼墅，从灰遮尘染到窗明几净……中国大地，正劲吹“美丽乡村风”，越来越多的村落，正以崭新的姿态涅槃重生。

美丽乡村不再只是憧憬和梦想，它们是跳出诗册的诗，跃下画布的画，乡亲们看得见、摸得着、享受得到。真正触手可及的幸福，才是老百姓最需要的。

如果说“全面小康与中国梦相互激荡，凝聚为全社会的‘最大公约数’”，那么，扶贫、脱贫则是圆满这百年梦想的“最后一公里”。

“小康不小康，关键看老乡”，习近平总书记在不同的场合多次讲过这句生动而深刻的话。总书记始终牵挂着贫困群众，关心和思考着扶贫工作。

十九大的春风，正以加速度“剪”掉束缚贫困地区经济发展的绊脚绳。在精准扶贫的基础上，十九大报告提出坚持大扶贫格局。至此，在打赢脱贫攻坚战的征途上，又添重要理论武器，在它的指引下，广大贫困地区将有效破解脱贫困局和发展“瓶颈”。

请君看，乡野间，扶贫攻坚战，如火如荼，旌旗正猎猎；各级扶贫工作者，带着深情，沉下心，扑下身，领着乡亲们挪穷窝、斩穷根、摘穷帽；乡亲们，宁愿苦干，不愿苦熬，紧跟“领头羊”，信心满满、干劲十足，指哪打哪，誓必早夺“脱贫大红花”。

各行各业，拿出众人拾柴火焰高的心劲儿，助力扶贫攻坚战。在全社会积极广泛地参与下，群策群力、和衷共济的扶贫大格局，已现雏形。

春风吹来，党旗映红小康路，贫困山村焕新颜。“小康路上，一个都不能少！”扶贫、脱贫路上，人们牢记总书记的叮咛和嘱托，在披荆斩棘中疾步奋进。可喜呀，多少荒坡野岭转变成“聚宝盆”，多少穷乡僻壤蜕变为“世间桃源”。2020年所有贫困人口迈入小康，胜利在望！

十九大的春风，为国防和军队建设“剪”出更壮阔的蓝图。党的十九大报告深刻把握国家安全环境的变化，深刻把握强国强军的时代要求，围绕实现党在新时代的强军目标、建设世界一流军队，提出一系列重要论断，作出一系列重大部署。

经过新一轮的历史性改革和整顿，人民军队迎来脱胎换骨之变，思想更可靠，“拳头”更硬朗。

“犯我中华者，虽远必诛！”在电影《战狼2》中，有这么一句。它是一句很有情怀、很振奋人心的话，让人肾上腺素飙升。但是，若我们的祖国没有巩固的国防，没有强大的军队，再激情万丈的口号，都是苍白无力的。幸哉！中国特色的强军之路，已迈出坚定步伐，且取得有目共睹的成绩：新形势下，强军目标鲜明确立，政治建军深入推进，练兵备战紧锣密鼓，改革攻坚大刀阔斧，正风肃纪雷霆万钧……中国新型战斗机，震惊世界；国产航母，海疆亮剑近眼前……国防和军队现代化水平实现整体跃升。

十九大的春风，继续剪芜除杂，为广大官兵“剪”出更清明、纯正的军营风景。

在实现强军目标、建设世界一流军队的火热征程上，定然要彻底清除政治上变质、经济上贪婪、道德上堕落、生活上腐化的“军老虎”。他们是深化国防和军队改革的“拦路虎”，是破坏军队风气的源头。

军队是拿枪杆子的，担当着保家卫国的重任，人民军队中，绝不能让腐败分子有藏身之地。十九大以来，党中央、中央军委对军队腐败分子再出重拳，坚决查处严重违纪违法案件，为党和军队消除“暗流”与隐患。

春风吹过，污血已除，热血满注人民军队，军歌更加嘹亮。“确保部队召之即来、来之能战、战之必胜！”主席的话记心头，三军重整行装再出发，坚定信仰，牢记使命，锻砺锋刃，正自信、自豪地走向世界一流军队的行列。这是国之幸、民之福、军之荣。

天下并不太平，四海虎狼仍环伺。三军将士，以十九大精神为指引，沙场勤点兵，告诫任何觊觎者，“犯我中华者，虽远必诛”这句话并不仅仅高喊于影视作品中。东方中国，强军新征途上的铿锵足音，长我国人志气，扬我中华威名！

时代潮涌千重浪，风劲正是扬帆时。“中国梦”，你的梦，我的梦。惟愿所有中国人，手挽手，朝前走，饱蘸彩墨，共绘锦绣！

故乡的路近了

□ 韦耀武

20 世纪 60 年代末，我出生在鄂西北南漳县一个偏僻的山村。1988 年，离开家乡来黄石工作。

老家距黄石 400 多公里，每次回家颇多坎坷。我先从黄石坐火车到武昌，在武昌再坐火车到襄阳（那时还叫襄樊），然后再转到县城的长途汽车，再在县城坐到老家的汽车。那时火车从黄石到武昌要 4 个小时，武昌到襄阳竟要 10 个小时，而且车次少。特别是春运时，到了武昌很难买上到襄阳的车票，有时一等就是十几个小时。400 多公里路，正常情况都要两天才能到家。回一次家，犹如一场长途跋涉，身心俱疲。

记忆最深的是 1993 年春节，我携妻带女回老家。在武昌火车站，排了近 10 小时的队，才终于买到 2 张到襄阳的站票。然后又苦等了 10 多个小时，广播上却通知因下大雪，汉丹铁路受阻，我那趟车次晚点。又是一天一夜的坚守，我们才上车。等到襄阳下车后突然发现，钱包竟在拥挤的车厢中丢了。而通往老家的山路因大雪封山，班车停运。那时候没有电话，通讯极不方便，我在襄阳辗转一天才找到个同学，在他资助下返回了黄石。那以后，我连续几年没回老家过年，还在村里留下了个“不孝”的骂名。

进入新世纪后，轿车开始慢慢走进百姓家庭，但我没做过买车梦，那时一月工资还不到千元。2005 年，一个在驾校当教练的老乡要我去学车拿驾照，他负责教我，学起来快。我很不以为然，想着就我那点收入这辈子还能开得上车？就算拿本驾照也枉然，没去学。

2012 年后，我和妻子的工资有了较大幅度的增长，家庭有了积蓄。想着每次回老家的艰难，妻怂恿我去学驾照，想买辆车。梦想照亮现实，我像个年轻小伙子一样勤学苦练，半年时间拿到了驾驶证。2014 年底，终于有了自己的车。开着车回老家，走汉十高速，一路畅通，四五个小时就到家了。

现在，比自驾更惬意的是乘高铁，从黄石到襄阳的城铁只要 3 个多小时，既舒适安全又快捷。家乡的距离一下子近了，似乎近在咫尺。妻感叹说，早知道城铁这么方便，我们干嘛还买车呢？

是啊，这五年生活变化太快了，购物有人送上门了，出门不用带现金了，路程再远一点打“飞的”。下一个五年还有什么意想不到的巨变，这谁能说得好？但可以肯定的是，生活只会越来越好。

不忘初心 牢记使命
擘画民族复兴宏伟蓝图

□ 余志勇

上海，兴业路76号；浙江嘉兴，南湖红船。两个具有重要标志意义的中国革命原点，在时隔近百年后的大地上依然闪耀着指引未来的光芒。10月31日，在党的十九大胜利闭幕一周之际，习近平总书记带领中共中央政治局常委专程赶赴这里，沿着早期共产党人的足迹，探寻我们党的精神密码。

峥嵘岁月，如歌情怀。中共一大会址，是中国共产党的诞生地。1921年7月23日，毛泽东等13位一大代表和共产国际代表就在这里召开了中国共产党第一次代表大会，会议举行至7月30日，因为被法租界巡捕房密探发现，遂紧急停止开会。在一大代表李达夫人王会悟的安排下，7月31日，一大的12位代表转移至嘉兴南湖的一条游船上继续开会（共产国际代表及陈公博未参加）。会上讨论通过了党的纲领、决议和中国共产党成立宣言，选举产生了党的一大领导机构。回眸昨天，盘点今天，展望明天，党和国家的事业是薪火相传，不断发展壮大。时光不再，精神长存，这盏明灯，照亮了党前进的道路，照亮了民族崛起的前程。

“欲知大道，必先为史”是清末启蒙思想家龚自珍的一句名言。其大意为，要掌握社会发展的“大道”，必须首先研究蕴含着社会发展

“大道”的历史。习近平总书记也曾指出：“历史是最好的教科书。学习党史、国史，是坚持和发展中国特色社会主义、把党和国家各项事业继续推向前进的必修课。”党的十九大闭幕仅一周，习近平总书记和新一届中共中央政治局常委，来到中共一大会址，沿着早期共产党人的足迹，探寻我们党的精神密码。这也意味着我们党“不忘初心，牢记使命”的坚定与自信。

“中国共产党人的初心和使命，就是为中国人民谋幸福，为中华民族谋复兴。这个初心和使命是激励中国共产党人不断前进的根本动力。”沿着历史的足迹，把握了历史发展的脉搏，一条中华民族的伟大复兴之路清晰可见。而这一切，不但是新一届中共中央政治局常委引领全国人民为实现中华民族伟大复兴之路的施政初心，更是凝聚寄托着几代中国人的夙愿，体现人民的整体利益和共同期盼。走得再远、走到再光辉的未来，也不能忘记过去，不能忘记为什么出发。“雄关漫道真如铁，而今迈步从头越。”习近平总书记带领其他常委同志一道举起右拳，庄严宣誓。一字一句，句句铿锵，是坚定不移、终生不渝的不竭动力。

新一届中共中央政治局常委为何选择参观中共一大会址，赴浙江嘉兴瞻仰南湖红船？正如习近平总书记在参观过程中深有感触地强调：“上海党的一大会址、嘉兴南湖红船是我们党梦想起航的地方。我们党从这里诞生，从这里出征，从这里走向全国执政。这里是我们党的根脉。”事实证明，中国共产党自成立以来，始终引领着中国人民和中华民族前进的正确方向，并在艰苦卓绝的奋斗中始终发挥着先锋队的作用。站在新的历史起点，迎着中国梦的瑰丽前景，习近平总书记的讲话振聋发聩：“党的十九大擘画了党和国家事业发展的目标和任务，全党同志必须坚持全心全意为人民服务的根本宗旨，不断带领人民创造更加幸福美好的生活；牢记共产主义远大理想，坚定中国特色社会主义共同理想，一步一个脚印向着美好未来和最高理想前进；始终保持谦虚谨慎、不骄不躁的作风，不畏艰难、不怕牺牲，为实现‘两个一百年’奋斗目标、实现中华民族伟大复兴的中国梦而不懈奋斗。”

抚今追昔，我们踌躇满志。只有今天励精图治，明天才能夙愿得偿。“其作始也简，其将毕也必巨。”从中共第一个纲领、第一份决议，到党的十九大报告，中国共产党带领人民一步接一步，从蓝图到现实，从小船到巨轮，驶向光辉的彼岸。正因为我们党有着深厚的历史积淀，有战胜困难的法宝，有应对风险的智慧，有攻坚克难的勇气；正是因为不忘初心、牢记使命、永远奋斗，这个中国共产党人永葆青春活力的秘诀，这个肩负历史重托的政党对人民的承诺，为实现中华民族伟大复兴划定清晰目标。让我们团结在以习近平同志为核心的党中央周围，为实现中华民族伟大复兴而努力奋斗。

一个更加公平的市场竞争环境向我们阔步走来

□李　强

关注十九大报告，每个人的侧重点不尽相同。对各类市场主体特别是民营企业来说，“激发各类市场主体活力”无疑是关注重点之一。党的十九大报告指出，全面实施市场准入负面清单制度，清理废除妨碍统一市场和公平竞争的各种规定和做法，支持民营企业发展，激发各类市场主体活力。这些重要强调，与社会主义市场经济平等性、法制性、竞争性和开放性的特征高度契合。

从2014年开始，我国开始实施以企业注册便利化为核心的商事制度改革，首先把注册资本实缴登记制改为认缴登记制，由“先证后照”改为“先照后证”，把企业年检制度改为年报公示制度。随着商事制度改革的推进，实现“多证合一，一照一码”，减少或取消工商登记前置审批，通过“双随机，一公开”等方式加强事中事后监管等措施逐步推出，商事制度改革稳步推进。这些改革影响巨大，不仅让“零首付”“一元钱办企业”成为可能，还消解了困扰众多企业经营者们的“先有鸡还是先有蛋”的疑虑。

一手降门槛，充分释放政策红利，一手破垄断，营造更加公平的市场竞争环境，伴随商事制度改革的深入推进，市场主体的活力被大大激发。数据显示，2014年3月商事制度改革全面启动以来至今年8

月底，我国市场主体入市速度明显加快，全国新设市场主体5511.7万户，平均每天4.3万户。其中，新设企业共1719.3万户，平均每天1.3万户，今年前8个月平均每天1.6万户，而改革前平均每天6900户。

如今，在国家经济总量稳居世界第二的喜人形势下，再度将“激发各类市场主体活力”作为推动经济持续健康发展的重要内容来部署，折射出国家重拳降门槛、破垄断的坚定决心。只有不断深化“放管服”改革，最大限度地简政放权，减少市场准入限制，降低投资、创业门槛，才能激发各类市场主体的潜力、活力。

“既要‘有效的市场’，也要‘有为的政府’”，“我们党在坚持基本经济制度上的观点是明确的、一贯的，而且是不断深化的，从来没有动摇”，“市场作用和政府作用是相辅相成、相互促进、互为补充的”……党的十八大以来，习近平总书记围绕社会主义经济建设发表的一系列重要讲话立意高远，思想深刻，全面回答了我国经济发展怎么看、怎么干的重大问题，具有十分重要的指导意义。党的十九大报告中指出的支持民营企业发展，激发各类市场主体活力，为非公有制经济打了一剂“强心针”，让民营企业家们吃下了“定心丸”。

可喜的是，不少地方围绕激发市场主体活力已拿出新的举措，如上海浦东新区于日前推出“证照分离”改革，着力破解市场主体“办证难”问题，有效降低企业创新创业门槛。

门槛一降再降，垄断一破再破，预示着深化商事制度改革从追求便利化向深度、广度进发，进入新阶段，更预示着一个更加公平的市场竞争环境踏着新时代的鼓点向我们阔步走来。

“红船精神”引领“中国巨轮”劈波斩浪

□ 伍 果

80 多年来，“红船精神”一直激励和鼓舞着我们党坚持站在历史的高度，走在时代的前列，勇当舵手，引领航向，不断取得革命、建设和改革的一个又一个胜利。

“红船”凝结着红色信仰。红船见证了中国历史上开天辟地的大事变，从 1921 年 8 月初党的一大胜利闭幕到 20 世纪 60 年代董必武同志两次重访南湖，到改革开放以来邓小平、江泽民、胡锦涛等党和国家领导人瞻仰红船，再到 2017 年 10 月 31 日，党的十九大闭幕后仅一周，习近平总书记带领新一届中共中央政治局常委专程瞻仰红船，回顾建党历史，重温入党誓词。红船精神镌刻进一代又一代中国共产党人的心里，让红色信仰染遍中华大地，深深地根植于英雄的中华儿女的精神世界，成为激励我们党无畏艰难、不惧风险、披荆斩棘、激流勇进、开拓进取的强大精神力量和宝贵精神财富。

“红船精神”永葆党的先进性、纯洁性和旺盛的生命力。“红船”见证了中国共产党的诞生，“红船精神”是中国革命精神之源，承载着最初的信仰，印着纯粹的初心，蕴含着中国先进文化、先进思想和深刻内涵与推动历史深刻变革的强大力量。从“红船”出发，“红船精神”的内涵就在不断地丰富和升华，到井冈山，到延安，到西柏坡，到“进京赶考”，到改革开放，到新时代，“红船精神”点燃中华民族不屈不挠、自强不息的精神火种，让中华儿女团结在中国共产党的旗帜下，从近代以来一百余年的屈辱历史中站了起来，始终保持铮铮铁骨，重拾尊严与自信。新时代，党仍面临着“四种风险”“四大挑战”，这就要求我们党必须继承和弘扬好“红船精神”，保持党的先进性、纯洁性和旺盛的生命力，要加强党的先进性建设、党风廉政建设，要保持改革创新的勇气和魄力，要保持艰苦朴素、英勇顽强、百折不挠的红色品质和优良作风，要保持居安思危的忧患意识，要不忘初心、坚定理想信念，牢记全心全意为人民服务的根本宗旨，要始终保持党和人民群众的血肉联系，坚持以人为本（考虑到经济建设为中心、科学发展观）。

“红船精神”引领“中国巨轮”劈波斩浪。新中国建立初期，中国百废待兴、一穷二白，“红船精神”激励着中国人在艰苦卓绝的条件下勒紧裤腰带，建立了完整的工业体系，独立研究出了“两弹一星”；改革开放以来，“红船精神”指引中国人突破前人思维和观念，“摸着石头过河”，创造了令世界瞩目的“深圳奇迹”，如今中国已经形成全方位立体的开放格局，正深入推进“一带一路”倡议，让中国从一个贫穷的传统农业国家转变为当今世界第二大经济体；进入新时代，我国社会主要矛盾已经转化为人民日益增长的美好生活需要和不平衡不充分的发展之间的矛盾，我们党更须弘扬“红船精神”，保持党的先进性、纯洁性，增强党的凝聚力、向心力和战斗力，聚焦发展中的深层次问题，深入推进“四个全面”战略，持续完善国家治理体系，不断满足增加人民群众的幸福感和获得感，让中国这艘巨轮行稳致远，驶向中华民族伟大复兴的彼岸。

顺应时代从“新”出发 岗位建功续新篇章

□ 黄万正

2017 年 10 月 18 日，中国共产党第十九次全国代表大会在北京人民大会堂隆重开幕。习近平总书记在大会上庄严宣布：“经过长期努力，中国特色社会主义进入了新时代，这是中国发展新的历史方位。”“新时代”的提出，吹响了党向新目标奋进的嘹亮号角。作为踏上“新时代”列车的军转干部，就应顺应时代要求，以军人特有的优良品质和作风，展示新面貌、体现新作为、落实新要求，立足岗位实际，履职尽责做贡献。

（一）

新时代要展示新面貌，身为军转干部，就应继续保持勤奋学习的好状态。

“好学才能上进，好学才有本领。”军转干部要坚持“学”字当头，始终把学习作为政治责任、生活态度、精神追求，做到学以增智、学以修身、学以立德。一要学理论武装头脑。当今社会瞬息万变，一旦落后必被抛弃。作为部队转型融入社会大家庭的一员，更要保持时不待我、只争朝夕的紧迫感，把党的十九大报告学习好、领悟好、贯彻好，把思想和行动统一到党的十九大精神上来，更新思想观念，坚定理想信念，争做学习排头兵，适应形势发展需要。二要学业务胜任岗位。入了环保门，就是环保人。面对新的工作岗位，要想尽快适应环境、胜任岗位，就必须立足岗位实际，全面梳理环保相关业务知识，加强对环保法律法规的研究学习，熟练掌握所需的业务技能，转变工作思路，拓展思维视野，提升能力水平，尽早实现由“门外汉”向“行家里手”的转变。三要学管理，善于协调。身为基层政府部门工作人员，协调沟通之事时常有之。要针对地方工作与部队工作的差异，结合当前环保工作的特点规律，积极研究新情况、新问题，加强对环境管理相关知识的学习，畅通信息渠道，协调处理好内外关系，助力工作顺利开展。

（二）

新时代要体现新作为，身为军转干部，就应继续保持干事创业的好劲头。

“有作为”是对合格党员的基本要求，作为军转干部，要不忘初心，砥砺前行，做到“在位一分钟，干好六十秒”，撸起袖子加油干，以实际行动践行党的十九大精神。一要勤于实干。实干兴邦，空谈误国。面对新常态，作为基层环保工作者，既要敢于迎接挑战，又要善于把握机遇，扑下身子、迈开步子、甩开膀子，诚实为人、踏实做事、务实工作，勤勉敬业、履职尽责，不断研究新情况、及时解决新问题，坚持“小事干精细，大事干精彩”，始终保持蓬勃的朝气、务实的作风、敢拼的劲头，在新岗位上实现人生价值。二要敢于担当。党的十九大报告指出：“必须树立和践行绿水青山就是金山银山的理念，坚持节约资源和保护环境的基本国策，像对待生命一样对待生态环境……”面对当前严峻的环保形势与人民群众对生态环境的期望要求，环保工作者要勇于挑起重担，敢于承担责任，摈弃“事不关己，高高挂起”

的明哲保身心态，用新时期环保卫士的庄严承诺，永远在追寻“蓝天梦”的道路上奋力前行，为打赢蓝天保卫战贡献力量。三要甘于奉献。新时期环保工作的艰巨职责要求我们不仅要严于律己、精于实干，也要淡泊名利、甘于奉献。也许万家团圆之时，我们还在岗位上坚守；也许夜深人静之时，我们还在企业里巡查；也许家庭需照料之时，我们却因紧急任务而无能为力……在环保人的“字典”里，“奉献”二字永远摆在了第一位，这就需要我们有强烈的事业心、责任心、进取心，不因苦累而退缩，不因清贫而抱怨，不因寂寞而苦闷，正确对待苦与乐、得与失、名与利，把工作当事业干，把奉献当快乐看，让环保工作经历成为我们无悔的人生回忆。

（三）

新时代要落实新要求，身为军转干部，就应继续保持严于律己的好作风。

“打铁还需自身硬。”面临当前从严治党的高压态势，军转干部要积极发扬部队好作风好传统，转业不转志，在落实全面从严治党新要求上，甘当表率、甘做楷模、甘为标杆。一要严守底线，常敲“警世钟”。要坚定理想信念，自觉加强党性修养，提升政治觉悟。坚持“吾日三省乎吾身”，勤勉敬业，履职尽责，做知规懂纪的“明白人”、遵纪守法的“带头人”、处事公道的“正派人”。要常怀敬畏之心，常思贪欲之害，常想尽责之事，讲纪律、守规矩，防微杜渐，警钟长鸣。二要不越红线，筑牢“防火墙”。要严格以党纪党规为标尺，把规矩和纪律挺在前，时刻校准人生航向。要时刻保持清醒头脑，恪守廉洁自律准则，练就“金刚体”，戴好“紧箍咒”。要自觉净化工作圈、生活圈和朋友圈，管住手、收住腿、把住嘴，培养健康向上的生活情趣，拧紧思想“总闸门”，筑起法纪“防火墙”。三要禁踩边线，远离“导火索”。越是身处基层，越要严格自律。坚持做到不踩“边缘线”、不打“擦边球”、不怀“侥幸心”，严格工作标准，严格依法行事。坚持“勿以恶小而为之，勿以善小而不为”，注重“小节”，不贪蝇头小利、不占公家便宜、不与“小人”交往，从小事抓起，从点滴做起，不踏法律“雷区”，不埋隐患“炸弹”。